徳間文庫

人魚の石

田辺青蛙

徳間書店

目次

幽霊の石

私が覚えている寺での一番古い記憶は、同じ年頃の子供らと寺の庭で石蹴りをしたり、砂を掘って遊んでいたことだ。虫を捕まえたり、木を削って弓や剣のような物を作って林に入ってただ燥ぎ回った。夏には小川で遊び、飛沫が日の光にあたってキラキラ光っていた。

部屋の古い黴の生えた畳に横たわっていると、昔の幼い頃の記憶が次から次へと浮かんでくる。

二番目に覚えている古い記憶は、祖母が山で採れる水晶の欠片を磨いて、手縫いの小さなお守り袋に入れている姿だった。

何のお守りだったのかは覚えていない。交通安全だったのか、学業成就かはたまた無病息災か……。

田舎の山寺をたった一人で守っていた祖母は気が強く、いつも何かに怒っていた。

仕事は全部一人でやってのけ、見かねた私が手伝うと却って機嫌を悪くし「もう、また仕事を増やしてからに……」とブツブツ文句を言いながらはじめからやり直してしまうのが常だった。

お守りには、赤い紐を通した小さな金色の鈴がついていた。一つ持たされていたのだが、その色が女の子のようだと小学校で囃し立てられたので、布鞄から毟って捨ててしまった。祖母には遊んでいるうちにどこかでなくしてしまったと伝えたのだけれど、バレて怒られやしないかと、ずっとビクビクしていた。

そんな祖母が死んでから一年が経った。

東京の兄からは何の音沙汰もない。予想をしていたこととはいえ、少々応えた。

兄は全て自分が中心で、たとえそれがどんなことでも間違いないと思い込んでいて、私のことを軽視していた。一度も兄弟喧嘩というものをしたことはない。

その理由については、兄曰く「喧嘩っていうのは対等の者だからこそ生じるんだ。俺とお前が対等だと思っているのか？」ということだった。いつも自分のことが一番だと思い込んでいるような兄とは、弟として遊んでもらったり、一緒に過ごして楽しかったような思い出は一つもない。私のことをずっと兄は愚鈍なお荷物としか思っていなかったのだろう。

兄は東京で物書きをしているということだった。

兄の本は売れていないのか、書店ではあまり見かけない。

内容はミステリで、私に似た名前や姿の登場人物が作中に出てくると、大抵犯人か殺される役割だ。大学時代、ひょんなことから兄が作家だとアルバイト仲間に知れた。

アルバイト仲間の一人がたまたま兄のファンだったらしく、サインを頼まれた。

進まない気持ちだったが、断る理由も特になかったので、兄にサインを頼まれたことを告げた。すると、一週間も経たないうちに段ボール箱一杯に詰められたサイン入りの文庫本が届いた。確かに、何人にサインを頼まれたとは告げていなかったが、この冊数はないだろう。段ボール箱から一冊だけ抜き出して欲しがっていた人に手渡した。

「サイン本有難う。あの人の小説の陰鬱なところがたまらなくってさ。犯人の性格の悪さとか、慇懃なところが凄い好きなんだ。でも、関西の人だなんて知らなかった。著者のプロフィールなんかにも生まれ年しか書いてないし、分からなかったんだよ。いつも舞台は東京や神奈川だしさ」

「ああ、兄は……あまり関西が好きじゃないんだよ。たぶん」

それっきり、その人には会ったことがない。

兄ともそれ以来特に連絡は取り合っていない。祖母の葬儀の時も、締め切りで忙しいからという手紙が届いただけだった。

段ボール箱の中のサイン本は捨てるに捨てられず、未だに残りは私の手元にある。

今回の引っ越しの荷物の中に入っているから、あと数日後に手元に届く予定だ。

「何を考えてらっしゃいますか？」

「いや、別に」

「もうじきです。もうじき。年々この坂が辛(つら)くなってきましてねえ」

徳(とく)じいの額に汗が滲(にじ)んでいる。

湿度が高く、歩いているというより、だんだん山の中を泳いでいるような気持ちになってきた。

「ああ、見えて来ましたよ」

皺(しわ)と血管の浮いた徳じいの指が先を指す。

薄い翠(みどり)がかった霧の中に浮かぶように、古寺が佇(たたず)んでいる。

朝方に降った雨が霧になったのだろうか。肺の中まで煙ってしまいそうな濃い霧に湿らされて、着慣れぬ僧衣が重く感じられる。

「先日の台風で少々屋根の瓦を持っていかれたんで、雨が漏るかもしれませんが、それ以外は何の問題もありませんよ」

そこにいる筈(はず)のない祖母の姿を探すように、手を額にかざして辺りを見渡しながら、徳じいが言った。両親が不仲だった私は、子供の頃十年ばかりこの寺に預けられていた。兄とは年が離れていたこともあって、高校時代から全寮制の学校を選び、離ればなれだった。

両親は私たち兄弟のことを、どう育てて良いのか分からず、いつも戸惑っているようだった。図鑑に載っていない育てにくい生き物をうっかり拾ってしまったような、そんな困惑の入り混じった表情で、いつも私たちを見ていた。そういう意味では母も父も似た者夫婦だった。

母はやや潔癖なところがあり、父は母の神経質なところが受け入れがたいようだった。二人とも外に恋人がいるようだったが、お互いそのことを特に隠している素振りは見せなかった。母は、この山には一度も来たことがない。父は私の顔を時折見にきてくれたものの、祖父母とはあまり言葉を交わすことがなく、皆がお互いのことを何と無くいる程度にしか認識していないような、関係の薄い家族だった。

寺に何時もいたのは、住職だった祖父、祖母、そして徳じいだ。

記憶の中の寺とは違い、今は何もかもが色褪せて見える。従兄弟の子が遊びに来ていたり、近所の子供会の集会所となっていた賑やかだった頃から、まだ十数年しか経っていないのに、今は見る影もない。

「随分この辺りも変わってしまいましたね」

「ええ、ええ。昔はねえ、この辺りにも観光で来る人や旅人が多くいましたね。でも、水晶が山から枯れるとサッパリ来なくなってしまってねえ。それに若い人はみんな近くの町に出てしまうんですよ。ここに残っても農業くらいしか仕事がないし、今時は誰もやりたがらんのですわ」

ブチリと音を立て、徳じいが雑草を引きちぎり忌々しげに辺りに撒いた。

「儂の弟なんぞは、子が四人、男ばかりいましてね。名産の茄子を育てていたんですが、結局誰一人として継ぎはしませんでした。大阪やら奈良の町で就職して、嫁と相性が悪いとかで年に一度も顔を見せてくれません。唯一の便りが年賀状だけらしいですわ。それにしても、すっかり見違えるように大きくなりましたなあ。覚えてらっしゃいますか？　寺の裏にある木通やら桃やらを取ってくれと、この徳じいにねだっていたことを。ほら、あの石榴の木も子供の時分からさほど変わってないでしょう」

枝についたまま乾燥して、小さく縮んだ石榴の実がついた木を指さした。

縮んだ実の隙間から、並びの悪い歯のように種子が覗いている。

「石榴なんてあったのか。実を言うと、よく覚えていないんだ。子供時分のことを思いだそうとするとね、今ここの景色みたいにぼうっと頭に霧がかかったような気分になるんだ」

「小さい頃の記憶なんて、誰だってそんなものですよ。さて、長旅でお疲れでしょう。それにそんな畏(かしこ)まった格好でなくっても構いませんのに。ここには、滅多に人は来ないですし、前任の昌義(まさよし)さんも普段は儂らと同じ格好をされていましたよ」

　思い出してみると、檀家回りでさえも祖父は普段着で済ませていたような気がする。近所の家の仏壇の前に座って経を上げていた祖父は、普段と変わらぬ作務衣(さむえ)姿だった。今思えば小さな集落の住職とはいえ、あれはあんまりだったのではないだろうか。

　あのころ回っていた家々の人たちは今、どうしているのだろう。

　突然、どこからかコンコンコン……と乾いた音を立てて、朱塗りの椀が転がり落ちて来た。

　徳じいは椀を拾い上げると、内側を太い親指で拭い、指についた茶色がかった白っぽい毛を見せてくれた。

「狐の毛ですかね。ここは妙なことがたまに起きるんですよ」

「まさか」

　指についた毛を払い落とし、椀を小脇に抱えた。

　徳じいは、何か面白いことが始まるのを、自分だけが知っているかのように、嬉しそうな表情をしている。

「この山には随分長くいたつもりだけれど、狐なんて一度も見かけたことないよ」

「儂もそうですよ。でも、この辺りには人をからかう悪い狐がいるという伝説がありましてね、花嫁行列に糞を撒いたり、戸棚の菓子を食い散らかして逃げたりしたそうですよ。この近くには狐がついた地名が多いでしょう。狐川とか、狐谷とか。ああ、そういえば以前ここいらに新しい駅が出来るって噂があったでしょう。覚えてらっしゃいますか？」

　山の空気のせいか、木々の影のせいなのか、徳じいの笑みが気味悪く感じた。

「そのことは覚えてるよ」

「あんときに、測量に来た業者の人が風呂を使おうと服を脱いだらね、バッと狐の毛がそこら中に散らばったって噂がありましてね。そのうえ体中に細かい赤い引っ掻いたような傷が付いてたらしいんですよ」

「そんな話、今はじめて聞いた」

「坊ちゃんが丁度ここを離れていた時の話ですから、知らなくても当然でしょう。ただね、ここにある椀のようにちょっと不思議なことが本当によく起こるんですよ。ここには人ならぬモノがいるって証ですなあ」

　急に山の温度がどっと、下がったように感じた。

「どうかしましたか？」

「いや、別に」

「まあ、お互い外に突っ立ってても何ですから、中に入りましょう」

山風が木々の間を、ざあっと吹き抜けていった。

玄関に木々の枝から落ちた葉が入り込んできたので、そのせいか徳じいがちっと軽く舌打ちをした。

「祖母は、ここで一人寂しくなかったんだろうか」

「ああ、幸子（さちこ）さんなら時々こちらにお見えになりますよ。きっとこの場所が好きだったんでしょうなあ」

皺だらけの顔をにっと歪（ゆが）めて、欠けた黄色い歯を見せながら徳じいが笑って言った。

「時々お仏壇からすぅーっと抜け出て、気が付くと、あの眉間に皺の寄った顔で……」

「止（よ）してくれよ、祖母を脅かしに使わないでくれ。さっきからこちらを怖がらせようとしているんだろう」

「分かりましたよ、坊ちゃん。少々悪趣味でございましたね。今日は弁当を取り寄せるんで、儂は台所で吸い物の準備をしておきます」

履物を脱いで、両端に埃（ほこり）の溜まった長い廊下をぺったぺったと足音を立てながら、徳じいは去って行ってしまった。古い紙と埃と線香と、森の木々と土の混ざった匂いがする。

寺に来るたびに、この独特の匂いに拒絶されているように感じられて、幼い頃は居心地が悪かった。

「坊ちゃんは、お肉は大丈夫でございましたよね」

台所の奥から声が届いた。水を汲み、湯を沸かしているようだ。音から何をしているのかが、分かる。

「ああ。別にうちの宗派は肉食を禁じていないし、出されたものは何でも食べるよ。何か手伝おうか？」

「いいえ、今日くらいは儂の任せっきりにして下さいな。それにねえ、さっきの言葉もまんざら嘘や冗談ではないんですよ。いつも、どこかから本当に幸子さんにここに来るたびに見られているような気がするんです」

手持無沙汰になってしまったので、着替えてから目についたところの掃除を始めることにした。

まだ荷物を運びこんでいないので、本格的な掃除は後日行うつもりなのだが、埃っぽい座敷で飯を食うのは味気ない。ちゃぶ台周りだけでも、片づけておけば随分違うだろう。

額に汗して固く絞った雑巾で畳を拭いていると、スクーターのエンジン音が聞こえてきた。

どうやら弁当が届いたようだ。

弁当を運んできた人の耳が遠いらしく、徳じいが大きな声で何度も釣銭の確認をしているようだった。

「すみませんねえ、お待たせしてしまって」

黒い重箱入りの弁当箱を二つ持ってやって来た。

想像していたのより立派な入れ物に入っていたことに驚いて、高かったのではないかと言うと、今日は特別ですからねということだった。

「悪いから、代金は持つよ。そう、何から何までして貰っちゃこちらの立場がないよ」

「いえいえ、お気になさらずに。今もいただいている給金で十分ですから。それに坊ちゃんは、どんなに大きくなっても、儂にとっては変わらずずっと坊ちゃんのままなんです。孫に小遣いやるような嬉しさがあるもんでね。って、ささ食べましょう」

弁当箱の仰々しい漆塗りの蓋を取ると、子供のように思わずわあっと声を上げてしまった。

中身はというと、瓢簞形に盛られたご飯の上には黒胡麻がちょこんと臍のように載っており、その横には奈良漬と柴漬けがあった。

花形に細工された人参に木の葉形の南瓜と、小さな椎茸と子芋の煮物には目に鮮やかな、サヤエンドウが添えられている。

芥子(けし)の実が振られた生麩田楽(なまふでんがく)に、小さなサイズのコロッケ。茄子の田楽、山菜の天ぷら、小鮎の飴煮、青梅の蜂蜜煮。弁当の中に入っていた小さな陶製の蓋付きの壺(つぼ)には、蕗(ふき)と筍(たけのこ)の煮物が入っていた。

「見事でしょう。田舎料理ですが、ここいらでは一番の腕です。ここの店主は昔ね、京都で修業をしていて、そのうち市内で店を持つつもりでいたらしいんですけどね、ほら、人生をいつだって狂わせるのは人の縁と申しますでしょう。この近くに住んでた女に入れ込んで、店を構えることになっちゃったんですよ」

もうそろそろ昼過ぎだというのに、辺りは薄暗い。

さっき動き廻っていた時にかいた汗が引いて、体が冷えて来た。

それを知ってか、徳じいが急須から温かい茶を注(つ)いで出してくれた。

「幸子さんが濃いめが好きだったもんですから、儂の淹(い)れる茶はどうも濃くなってしまってすみませんね。ここいらは、大阪や市内の夏とは違いますでしょ」

「違うね。どうせなら、この町も避暑地として売り出せばいいのに。バスと電車で大阪にも京都市内にも一時間足らずで行こうと思えば、行けるんだから。最もこの山寺の場合、麓からの時間を計算してだけどね」

「駄目ですよ、ただ涼しいってだけじゃあね。温泉とか、山海の珍味がなきゃあ誰もこんな町、見向きもしませんよ。大阪と京都の県境の小さな町で、海からも遠いですし、山に多少獣もいることはいますが、食べられるのは鹿と山菜くらいでしょ。都会の人はそんなの目当てに来ちゃくれません。しかし、坊ちゃんが寺を継いでくれるとは思いませんでした」

「いや、もともと継ぐことは考えてたし、準備もそれなりにしていたんだよ。進学先も考えて選んでいたのだから……」

「じゃあ、何故今まで放っておいたんです？」

「分からない」

どこからか迷い込んできた蚊が、部屋の中をぷぅんと低い羽音を響かせながら飛び回っている。

開け放たれた障子の向こうには縁側があり、その先には祖父が道楽で拵えた庭と、池がある。

会話がそこで途切れてしまったせいか、無言で弁当を食べ終え、二人で簡単な片付けと掃除を済ましてから、飯を炊き、夜は握り飯と茶で済ませて布団を敷いた。

徳じいは夜はカカアが心配するもんでねと、殆ど街灯もない山道を送ると言っているのも聞かず、夜目が効くのか鼻歌交じりに帰って行った。

布団の中に入ると、山の音がよく聞こえる。

木々の騒めきや、草の揺れ、地面に木の実が落ちる音……。

気が張っていたせいか、瞼の裏が熱く感じてしまい、眠気が一向に訪れない。

うんっと布団から手を出して、伸びをすると、コツンと指先に何かが当たった。

闇の中手繰り寄せてみると、祖母がお守りに加工するのに使っていた、水晶だった。

六角柱の冷やりとした感触が手の内にある。

この辺りには石で暮らしている者も多くいた。祖母はそういった人たちから、小さな形の悪い水晶を分けてもらっていた。

ごろごろ水という名の湧き水で冷やした西瓜。昔は鯉が泳いでいた池。

この山と寺で過ごした思い出が不意にドッと意識に流れ込み、ついっと熱い涙が布団の上に零れ落ちた。

何だ、色々と覚えているじゃないか。

思い出の感傷にどっぷりと浸っていると、上腕部に痛痒を感じた。

薄暗い部屋の中、蚊が飛び交っている。ここには蚊取り線香も蚊帳もまだ無い。

ふと、今日見た池の様子が頭の中に浮かんだ。緑色の煮汁のような水を湛えている池に、今も鯉は住んでいるのだろうか。あそこがボウフラのたまり場になっているのかも知れない。いつか、池の水を抜いて掃除したほうがいいな。

でも、その前に荷物の搬入と掃除をやってのけなくては。

小さい頃の遊び場だったこの寺を、以前と同じ姿に戻したい。

そう思って、この寺に自分は戻って来たことに今になって気がついた。

数日間は、積もった埃を掃いたり、拭いたり、祖父母の遺品の整理など、何かとやることが多かった。

荷物は、借りた軽トラックで細い道を往復して運んだ。帰り路（みち）は殆どバックで進まなくてはならず、徳じいの助けが無ければきっと脱輪して立ち往生してしまったに違いない。

粗方（あらかた）部屋の中の家具も片付き、それなりに自分の暮らしのめどが立つようになってから、近隣の麓の町の人たちに挨拶に行った。

殆どが独居老人で、若い人は子供を入れても十名に満たない。

久々に訪れた、山寺の僧を皆、少し戸惑いながらもそれなりに歓迎はしてくれているようだった。

ゆるやかに静かに消えていく集落。今の日本に、どれくらいこういった場所があるのだろう。寺に戻り、そんなことを考えていると庭の方から子供の笑い声が聞こえた。

どこかの檀家の孫か誰かが遊びに来てくれたのかと思い、大慌てで外に出たのだが、そこには誰も居なかった。

「狐に化かされたか、それとも何かを聞き違えたか……」

首を傾げながら、庭やらあちこちを歩き廻ってみたものの、人の気配は全くない。

「ふう」

溜息を吐いてから、見た視線の先に、濃緑色の池があった。

最近妙にこの池が気になっている。蚊の音で寝苦しいからそう思うのか、それともこの腐ったような水の色が運気を吸い取っているように感じてしまうからか。

さっきの子供の声は空耳だったが、もしさっきのが本物で、遊びに来ていた子が池に落ちてしまっていたら洒落にならない。

そう思って、池の水を一先ず抜いてしまうことにした。

まず、タモ網と竹竿で藻を掬おうとしたが、ぬるぬるするうえに、積もった落ち葉の塵もあって上手くいかなかった。

池の中をかき回しても、動く魚影は見えなかったので、鯉はきっと死んでしまったか、祖母が生きているうちにどこかに逃がしてしまったのだろう。

倉庫にあった古いポンプを使って、池の水を抜く作業を始めた。

それほど大きな池ではないので、数時間もすれば底が見えてくるに違いない。

水を抜いた後に沈んだ塵を取り除き、底を均して天日干しすることにしよう。

それから池を埋めてしまうか、柵を拵えてから再び湧き水を入れるかを考えれば良いだろう。蓮を育てても良いかも知れない。

タモをかき回した時に水を被って随分汚れてしまったので、泥を落としてからシャツを洗濯することにした。

ボボボボボボとエンジン音を響かせながらポンプは池の水を汲みだす。しかし、時々泥やら藻が詰まるので、そのたびに一度止めて掃除してやる必要があった。

水抜きは順調に進み、二時間ほどでかなり池の水位を下げることが出来た。

最初、私はそれを白い大きな石だと思った。

だが、落ち葉と藻に埋まった白い塊は、水位が下がるごとに石ではないということが分かって来た。

歪な形の石だと思っていたそれには、肘や足の指があり、背骨や耳のようなものが見えてきたからだ。

「これは、なんだ」

真っ白な男が横たわっている。

腐ってはいない、目を閉じている。痩せていて、骨の形が浮いている。

ポンプに泥が詰まったのか、ガオオオオッと甲高い妙な音がする。早く止めないと。いや、その前に警察に電話しなくては。

電話はどこだ？　ああ、そうだまだ通じていないのだった。家の電話の工事は来週に予約が入っている。あの時もっと急かせば良かった。電話なんていつでも良いと思ったのが間違いだったのだ。さて、どうすればいい？　車を返すんじゃなかった。足で麓まで行くのに下りで三、四十分。しかし池に誰が？　いつ？　何のために？

いや、私がここに来なければ池の水を誰も抜かなかったのだから、死体の隠し場所としては、ここは最適だったのだろう。

ぐるぐると色んな思考が頭の中を駆け巡るばかりで、体は動こうとすらしてくれない。

指の爪を気が付くと強く噛んでいた。

「昌義さん？」

白い男がふいに池から立ち上がり、祖父の名前を呼んだ。

男はゆっくりと、風呂から上がるように池の外に出た。私の首に両の腕を巻き付けてぎゅっと体を寄せて来る。

「昌義さん」

土と生臭い水の臭いがする。

くっついた肌の場所から池の水が染みて冷たい。

「違う。私は昌義、祖父じゃないよ」

池の底から現れた男は、私が祖父でないことに気が付くとパッと離れて、苔(こけ)や藻のついた禿頭(とくとう)に手を当てた。

落ち葉や藻や松葉やら色んな塵や、泥が体のあちこちに張りついている。その合間から見える皮膚の色は碁石の白を連想させるほど白く、目が悪いのかこちらの表情を窺(うかが)おうとするときに、眉間に力をぎゅっと入れて見ようとする。

ぽたぽたと、水滴が顎や色んなところから滴り落ちている。

何と声をかけるべきなのか考えている間に男が声を発した。

「あーあ、せっかく良い気持ちで寝ていたのに、水を抜かれちゃ戻れないじゃないか。昌義さんが引いてくれた水は凄く具合が良かったんだぞ。だからここで僕はじっとしていたってのに。やんなっちゃうなあ。これからどうしろって言うんだか」

池の中から現れた男は、水の抜けた池を恨みがましそうに見ながらずっとブツブツと文句を言い続けている。

山の狐に騙されているのだろうか？

文句を言い続けている男をしばらく観察していると、男が私の方を見た。

細く鋭い一重の目だ。鼻筋は高く、唇は薄く、どこにでもいそうな顔でもあり、特異な顔のようにも見える。眉毛は薄く、白い肌に対して黒く長いまつげが印象的だった。

「ちょっと、あんたは誰さ？」

「今の住職だよ。昌義は私の祖父だ。もうここには居ない」

「あー、そう。そういえば居なくなったんだよね。幸子さんから聞いていたのを忘れてた。前に出て来た時は幸子さんがいたんだよ。それにしたって乱暴な起こし方だなあ。僕を起こす時はもっと優しくしてよ。吃驚して死んじゃったらどうするつもりだよ」

「最初、死人だと思った。君は、なんなんだ？」

「あんたと同じ、ここの住人だよ」

シャツに伝った水が生臭い。白い男はこちらをとても不快そうな顔で見ている。

山の風がザッと起こり、私の体を撫ぜるように吹き抜けていった。

背中に氷を当てられたような、冷たい汗がどっと噴き出してきた。

翌日、朝になると徳じいがやって来た。自分がどこまで正気か自信が無くなってきたので、白い男をそのままにして、転がるように急いで山を一度下りて呼びに行ったのだ。

だが、生憎たまたまの留守とかで徳じいを捕まえることが出来なかった。

私は徳じいの隣の家に住んでいる老人に伝言をし、それから濡れて汚れたシャツのまま電車に乗って隣町のビジネス旅館に一泊してから始発で寺に戻って来たのだ。

「きっとこいつは山の魔物ですよ。魂を食われてしまわないように、お気をつけて。ああ、なまっちろくって気持ちが悪い。お二人には随分長いこと仕えていましたが、こんな男のことなんて見も聞きもしませんでしたよ」

災難がこちらにも降りかかっては敵わないとでも言わんばかりに、白い男を一目見るなり徳じいはそういって、山を下りてしまった。

当の白い男はというと、祖父の遺品の浴衣を引っ張りだして、さも当たり前というように鼻を当ててクンクンと匂いを嗅ぎながら、縁側で涼んでいる。

「懐かしい汗の匂いがする。ああ、あんたが山にいない間にあちこち寺の中を見て回って、冷蔵庫も開けてみたんだけど、ビールがなかった。昌義さんがいた時はよく麒麟を冷やしていてくれたんだけどさ、今度山を下りる時についでに買って来てよ。別にアサヒやサッポロでもいいよ」

「君は一体何者なんだ？」

色んなことを聞きたかったのだが、とっさに喉から出すことが出来た質問は、これ一つがやっとだった。

この白い男は、祖父の知りあいの変人で、死んだフリをして奇術のように池の底に隠れていたのか、私の霍乱（かくらん）か何かによる記憶違いなのか、それとも本当にこいつが化け物なのか、まずはハッキリさせたかったのだ。

「ああ、僕は人魚だ。淡海（おうみ）に昔は住んでいたんだけど、小さかった頃に昌義さんに釣られてしまってね。最初は寺の名物になるかも知れないって、木乃伊（ミイラ）にするとか言われちゃってさ。

まあそれも面白いかなーって思ったんだけど。ほら、僕顔が割といいでしょ。だからか、幸子さんが可哀想だし家で飼ってやろうって言って、ここに池を作ってくれたんだよ。

昔は体もそんなに大きくなくてね、幸子さんにも随分可愛がって貰ったんだよ。人魚は稚魚の間はね、三年寝て、そして二月（ふたつき）程起きて、また寝て……を繰り返すんだ。僕、人の顔を覚えるのが苦手な方なんだけど、あんた少々見覚えがあるよ。子供のころ、少し一緒に遊んだの覚えてない？　木通を採りに行っただろ」

人魚と名乗る白い男は、こちらの感情全てを見透かすような表情を浮かべ、縁側から座敷に戻り、ちゃぶ台の上に置かれた菓子袋を勝手に破いて、鷲掴(わしづか)みで中身を食べ始めた。菓子の砕けた粉が畳とちゃぶ台に落ち、口の周りにも幾らかついている。聞いた話を頭の中で反芻(はんすう)していると、男はごろんとその場で横になった。

「池の水が溜まったら起こしてよ。まだ起きたばかりで、頭の動きも胃の動きも鈍くってさ。あんたしかいないんじゃ、この寺も随分つまんなくなっちゃったね」

五分と経たないうちに、すーすーと寝息が聞こえてきた。

男は横になったまま眠っているようだった。

白い肌に、長いまつげの影が落ちる。

指は長く、あばらが浮いている。見たところ、尾や鰓(えら)もなく、色がやけに白いところ以外はこれといって、通常の人との違いはない。

男が小さく呻(うめ)いて、寝返りを打った。

祖父母とこの男の関係がどういったものかは、あえて探らない方がいいのだろう。

池で見つけたものは早く池に返したい。ジョボジョボとポンプから水が池に流れ込む音を聞きながら、本堂に戻り掃除を始めた。ポンプの出力を最大に設定したので、小一時間もすれば、池に水は溜まるだろう。

それからあの男を池に入れ、もう二度と水を抜かない。そうすれば全て解決する筈だ。

訳の分からない出来事全てを吹っ飛ばしてしまいたい思いで一杯だった私は、掃除の続きを始めた。今まで生きて来た中で、これほど掃除という作業にのめり込んだことは無い。掃除道具と自分の見境が無くなるほど集中し、ただ一つ一つの作業に打ち込んだ。

板敷の廊下を、無心で磨き上げていた時、冷たい何かが首筋にあたった。

「うわっ」声を上げて後ろを振り向くと、白い男が立っていた。

息が荒く、耳鳴りがするほど動悸が早くなっている。

「ちょっと面白い程驚くね。昼寝の邪魔になる程煩かったから、あれ、止めちゃったよ。懐かしいもの拾っちゃったし」

ポンプの音は確かに聞こえない。掃除に熱を入れすぎるあまり、止まったことに気が付かなかったのだろう。

男は、床の上に落ちている水晶を拾い上げた。

「あんたが、大きな声あげたから落としちゃった」

張り付いたような笑みを浮かべてこちらを見ている。夏の日が入り込んでそう見えるのか、目の色が人と違うように感じた。

「これ、幽霊石だよ。普通の水晶に見えるけど、まったく用途が違うんだ。だからこれを幸子さんは、お守りにしないで取って置いたんだよ。ねえ、あんたは石に入った幽霊を見たことあるのかい？　この寺と山のことはどこまで知ってる？　昌義さんたちはどこまであんたに話してた？」

「えっ……あっ」

声が咄嗟に出なかった。ここは普通の寂れた田舎町にある、山寺ではなかったのだろうか？

私の記憶の中の祖父母は、至って普通のどこにでもいるような人で、秘密めいたところや、目の前にいるような異形の存在と交流があるようには見えなかった。

この男が言っている祖父母の話は全く違う人のことのように聞こえる。

「何を言っているのか、サッパリ分からない。ここしばらくの間、山に入ってからおかしなことばかりなんだ。頭の中の情報すら整理し切れない。それに君の言っている、その、昌義と幸子って人だけど、たまたま私の祖父母と同じ名の別人なんじゃないか？」

「ああ、分からないんだ。まあ、鈍そうな顔しているから仕方ないな。別人と勘違いなんてしていないよ。あんたの祖父母と、同じ人物について語ってるんだから」

「いやだから、祖父母の話に君みたいな人魚が出て来たことはないし、ここに通いできていた徳じいも知らないってんだから、何かの間違いなんじゃないかってことを言ってるんだよ」

「ああっ。もう、しつこいなあ」

白い男が足音もなく、ふわりと踊るような軽い動きで身を近くに寄せた。

首筋に鼻の先が当たった感触に、鳥肌が立った。鼻の脂っぽさが、やけに生々しく、今対峙している相手が、夢の類ではない証拠を突き付けられたように感じてしまったからだ。

「ほら、汗の匂いがね、同じだろ。血を受けている証拠だ」

さっきから驚いてばかりいる私の姿が面白くてしょうがないというように、更に目を細めて笑っている。

「この石の本当の使い道を見せてやるからこっちに来なよ。ここじゃ光が入りすぎて、明るすぎる」

白い男が、土間の方を指さして手招きしている。

私は誘われるままに付いていき、土間に降りた。

この男の声には不思議と他人を従わせるような響きがあるのだ。それは魔性のものだからかも知れないし、私の苦手な兄に少し口調が似ているからかも知れない。

「ほら、これ。凄いだろ」

小さな六角柱の水晶を目の高さにかかげて、白い男は得意そうにしている。

「水晶のお守り作りは私も手伝ったことがあるから知ってるよ。この山に昔入っていた奇石採りの人たちに分けて貰った石だろ。別に珍しくも何ともないよ」

「だから、順を追って説明して話すって。本当の使い道を見せるって言っているだろ」

細く長い指の先で水晶をつまみ、コロコロと回しているので、小さな虹があちこちに零(こぼ)れ落ちた。

白い男は、水晶を使われていない竈(かまど)近くの土の上に置いた。

「こうやってね、中に入ってる幽霊を叩き出してやるんだよ」

白い男は、素足でいきなり石を何度も踏み付け始めた。

四、五回踏むと茸(きのこ)の胞子のような煙が石からぽふっと立ち昇る。

やけに痩せてやつれた老婆の姿が煙に重なるようにして浮かび上がり、一言「つらい……」と言って消えた。

「なあ、見たかい？　あれ」

「ああ」

正直言うと、予想していたのよりあっけなかったし、怖くもなかった。幽霊らしきものが見えたのがほんの数秒間だったからかも知れない。

「ふう。久々に体を随分と動かしたから疲れちゃったよ。ちゃんと幽霊が中に入ってただろ。

昌義さんは幽霊を捕まえるのが趣味でね、こういう石は僕が知っているだけで百近くあるよ。この幽霊は駅予定地の近くにあった竹藪（たけやぶ）で収集したんだ。あそこで時効になった事件があっただろ？　覚えてる？　その被害者なんだよね、この人」

その事件のことは覚えていた。身元不明の老婆の遺体が竹藪に捨てられており、遺体の背には、深々と柄の近くまで刺さった刃物が残されたままという痛ましい事件だった。

私が保育園のころに、祖母が春に筍採りに行ったりするような場所での出来事だったので衝撃も大きかった。園児が遊びに行く公園も犯行現場の近くにあったので、保育士の先生から何度も竹藪で怖い事件があったことは聞かされていたし、人通りの多い場所には必ず事件の情報を求めるビラが貼ってあった。

今も駅の近くには、色あせたビラが貼られてあったままになっている。

「祖父は、もしかすると事件を解決したくって、幽霊を集めていたんじゃないのか？」

「違うよ。あのさあ、よく幽霊視（み）える人がいれば、殺人事件が解決って話があるけど、あれってどうなんだろうね。僕は死んだこともないから分かんないんだけどさ。幽霊は死んだときと同じ姿で化けて出るってわけでもないみたいだし、再現フィルムみたいにはいかないみたいだったよ。それに言葉が聞ける程、ハッキリ何かを喋る幽霊って凄い珍しいんだよ。これは幽霊石に入ってる奴の中でも特別なんだよ」

「祖父も、君みたいに石を踏んで幽霊を出してたのか？」

「昌義さんは葉っぱのついた枝なんかで叩いてたよ。まあ、別の出し方もあるんだけどね。僕は面倒だし、足で踏んで出すよ」

「祖父はどうして幽霊を、何のために石に入れて集めてたんだ？」

「そりゃ、こういうのを見て楽しむ為だよ。それとね、幽霊が出ると煩いって思う人もいるから、石の中に入れて黙らせちゃうんだよ。それより、あんたは本当にこの山のことを知らないの？　昌義さんの血を受けた者なのに。ここはね、奇石がちょっと採れるだけのしょぼい鉱山なんだけど、この家の血を受けた者には分かるんだよ。山に入っていた人らが集めていた石なんかとは全く別物の石がね。僕でも探せないし、どんな獣や化け物でも無理なんだよ」

「この山に何度も入っているし、祖父母と一緒にここに住んでいたのに、初めて聞くことばかりだ」

「そうなんだ。まあ、知らないなら仕方ないよ。石の探し方も知らないんでしょ。僕が教えてあげるよ。直ぐ池に寝に帰ろうかと思ったけれど、あんた意外と面白そうだもの」

山の土を少し食べる。

酒で口を漱ぐ。

目を閉じて音を聞く。音を聞くというのは、石の音だ。

他のどんな音とも異なっているので、一度聞けばそれと分かる。

「一度石の音を知ってしまうと耳が変わるって昌義さんは言ってたよ。石の音はだいたいの方向が分かればいいんだ。

後は音を聞いた位置を思い出しながら歩いて探して、ここだと思う場所を掘るなり、石があれば砕くなりすれば見つかるよ。

何の音も聞こえない時は、石が見つけて欲しいって思っていない時なんだってさ、昌義さんがそう言ってたよ。ほら、口開けて」

砂と苔が入り交じった土を、無理やり一掴み口の中に入れられた。

ジャリジャリとした不快な感覚が口内一杯に広がる。

馬鹿にされて揶揄われているだけかも知れず、石探しなんて酔狂なことだが、何故だかとことん付き合ってやろうという気になっていた。

人魚は人を魅了する魔性だという。

最初に池で見た時から、白い男の術中に嵌まり込んでいたのかも知れない。

「ほら次は酒。幸子さんが漬けた梅酒が残っていたからこれで漱いで」

コップに入った琥珀色の液体を、目の前に突き出された。断ればこれも無理やり口に入れられそうな勢いの勧め方だった。

砂利交じりで口にする祖母の梅酒の味は、甘く梅の青い香りが鼻に抜けた。

きっと口の中に砂利や土さえ入っていなければ、ゆっくりと美味しく味わえたことだろう。含んだ酒を庭の立水栓の場所で吐き出して流した。

「目を閉じて、直ぐに」

白い男が手を伸ばして、両の目を塞ぐ。どちらの手も恐ろしく冷えている。

氷を手の形にして顔に押し付けられているようだが、がっしりと押さえられているので、隙間から指を入れて引き離すことも出来ない。

「聞こえる？」

「手が冷たくて何も考えられない。少しどけてくれないか」

「目を開けないならいいよ」

「開けないから、頼むよ」

男の手が除けられ、心地よく温い外気が顔に当たる。

目を閉じたままで、私は耳を澄ます。

様々な音が聞こえる。白い男の息遣い、鳥の囀り、鴉の声、鳥が羽ばたく音、花の落ちる音、葉が散る音、木々の騒めき、家鳴り、瓦の軋む音、自分自身の呼吸……夜寝る前の高ぶった神経の時に布団の中で聞こえて来る音と変わりがない。

これはこれで味わい深いので良いかと思いながら、目を閉じて耳を澄まし続ける。

松葉が風で煽られて、地面を擦っている音、水汲み用のポンプから雫が落ちる音、白い男の欠伸。


響くような音が聞こえた。

割と近く、十メートルほど先から聞こえているようだ。

女性の声のような、金属同士を擦り合わせたような、確かに今までに聞いたことのない音が聞こえてくる。

聞こえるというか、見えるように感じる。

細く白い糸が、すっとどこかから、震えながら伸びているような、そういう音だった。

伸びた糸は私の体にゆっくりと巻き付き、砂糖のように溶けて馴染んでいく。

これが、耳が開くということなのだろうか。

「聞こえたよ」

私はゆっくりと目を開けた。

「どこらへんから聞こえた？」

私は庭で音を感じた場所までゆっくりと歩いた。

足元がふわふわと頼りない。急に体重が軽くなってしまったようだ。

私はその場所にたどり着くと、しゃがんで土を手で掘り始めた。

石は、あっさりと数センチ下の土の中から見つかった。

濁った霧のような乳白色の中で、緋色や橙（だいだい）、青、緑などの遊色が躍っている。

爪の先ほどの小さな石だ。蛋白石（たんぱくせき）によく似ている。

「これ、なのか？」

「そうだよ。ちょっとほらさあ、早速握ってみてよ、そしたら分かるから」

乱暴に手のひらの上に石を載せられ、その上からぎゅっと手を重ねて握られた。

白い男の力は、かなり強い。

縁側から、落ち葉と風が雪崩（なだれ）込んでくる。

ちゃぶ台の上に置かれた本たちが息絶えるすんでの羽虫のような音を出して震えている。

白黒の兄の顔がこちらを見ていて、手を伸ばせば直ぐの距離に置かれているのにやけに遠く感じる。腕を上げるのさえ嫌だ。

「電報でーす」

「はあい」

我ながら間の抜けた声の返事だ。

畳の上を大きな百足（むかで）が這（は）っている。

「まことにご愁傷様ですが――」

電報と共にやって来た徳じいの言葉で、兄が急に亡くなったことを知った。

鯨幕が揺れている。

兄の遺影は、いつも私の元に送られてくる著者近影の写真と同じものだった。

白や黄色の菊で葬儀場は埋もれんばかりで、逃げて来たのか、足元には白い鳩（はと）が餌をついばんでいる。

だがそのことについて、葬儀屋に文句を言うつもりの人はいないようだった。

みな、それぞれが違うことを考えているような表情をしている。

見慣れない人ばかりなので居心地が悪い。

出版関係者というのは、似た顔をしているものだろうか。

全員どこか、兄に似ていて、ますます何とも言えない気持ちになった。

壁際に置かれた文庫本のカバーがぶぶぶぶっと音を立てて揺れている。

精進落としの酒の席を飛び出して、葬儀場の駐車場でタバコを吸った。

不思議とあまり悲しいと思えなかった。そんな薄情な自分が嫌いだった。

トントンと肩を誰かに叩かれたので振り返ると、白い男が立っていた。

白い男はとても大きな荷物を担いでいるのだが、涼しい顔をしている。

「あーあ、すっごくこれ、重かったよ」男は大きな荷物を叩きつけるように乱暴に置いた。

「これ、お兄ちゃんの死体の入った袋なんだ。盗んで来たよ。誰も気が付かなかったし、楽勝だった。ねえ、この死体で何して遊ぶ？　嫌いな兄だったんでしょ？」

白い男が私にそう言って、微笑んだ。

「止めてくれ！　元の場所に戻してくれ！　こんな酷いことを平気でする奴があるか！」

「折角盗んで来たのにその言い草はないよ。あんたは本当に狡くて薄情な奴だなあ。だったら、兄弟仲良く地面に埋まってしまえばいい。穴だったら、もう掘ってあるよ」

白い男が駐車場にポッカリ空いた四角い穴を指さした。

大きな穴だ。あれなら二人でも十分な大きさだろう。

穴は生きているのか、駐車場の中を滑るように移動し、私と兄の遺体を飲み込んだ。

白い男が、シャベルを持って穴の縁に佇んでいる。

「たくさん反省するんだよ」

ザッと土を掬う音がし、被せられる寸前で目が覚めた。

顔に畳の痕がべったりとついている。一体、私はどれくらい眠っていたのだろう。

「今、何時だ？」

「四時過ぎだよ。寝ていたのは二時間ばかしってところかな。随分うなされていたね。夢見は悪かったの？」

「ああ、最悪だ」

「へえ、そうかあ。これは、嫌っている奴の死の情景が夢で見られる石なんだ。かなり希少なんだぞ。最初に凄いの見つけたね。こういう石が幾つもこの山には埋まっているんだ。どうだ、楽しいでしょ？」

人魚は黄の混ざった琥珀色の目で私を見下ろしている。

「いや、別に」

「怒らないのか？」

「喧嘩は対等な者としか成立しないんだ。それよりさ、君、いつまでも人魚じゃ呼びにくい」

「あんたの祖父は人魚と呼んでいた」

「うお太郎じゃ嫌か？」

「安直だなあ。もっと美しい僕に似合った名前を思いつけないの？」

「悪いが他に思いつけない。じゃ、買い物に行くぞ、うお太郎」

「あんたの名前は？」

「由木尾（ゆきお）だ。日奥（ひおく）由木尾」

「由木尾か。なんだか冴（さ）えない名前だから、あんたのままでいいや」

夏の風を受けて、風鈴が揺れている。この山寺で祖父母は何を見て、何を思って過ごしていたのだろうか。

うお太郎が池の底にいた理由も含めて、まだ私は何も知らないでいる。

記憶の石

開け放たれた戸口から外を見ると、霧のような細かい雨が降り続いている。

今日は徳じいが来る日なので、晩御飯を二人分用意をしておかなくてはならない。

檀家の人が大きな西瓜を三つ運んで持って来てくれた。

一つは井戸水で冷やしてあり、残り二つはそのままにしている。

昔なら、数多くの子供や大人が寺に集まっていたので、大きな西瓜でもあっという間に食いつくされてしまったことだろう。

しかし今は、近隣の住人が歓迎の意でくれている食べ物を無駄にはしたくないのだが、なかなか一人では消費しきれない。

白い人魚男こと、うお太郎は二階で寝ている。もう二週間程、寝続けたままなのだ。

起きていても、何か手伝ってくれるわけではないし、食事もたまに菓子をつまんだり、水を飲む程度で殆(ほとん)ど取らない。

しかも服を着るのが嫌とかで、屋内を全裸で過ごしている。体毛は殆どなく、薄い眉毛と対照的な濃いまつげ、痩せた体にだらりと垂れた性器。

徳じいが気味悪がっていることや、石の件のことを思い出すと少々腹立たしいこともあって、うお太郎とはずっと話していない。

相手も私に興味を無くしたのか、最初に池から出て来た日以来、とんと口数が少なくなってしまった。

寺の中を探してみたが、特にこれといって変わった石が出て来たことはなく、水晶のお守りの材料が出て来たので、手のひらで何度か試しに叩いてみたけれど、幽霊が出て来たことはなかった。

冷えた西瓜を井戸から引き揚げて食べることにした。種は炒って食べられるので取って置き、皮は洗ってから塩をして漬物にしよう。

ともかく今、頭を悩ましているのはこの寺に人をどう呼ぶかということと、この寺の運営費をどう捻出するかということだった。

酒屋と薬屋を合わせた数よりもずっと、この国の寺院の数は多い。地方の寺はどこも食い詰めているという話ばかり聞く。

ここもただ、住職がいるというだけでは檀家も減り、あっという間に廃寺になってしまうだろう。

「相変わらず辛気臭い顔をしているなあ。どうせあんたの悩み事なんて大したことないんだろ。それをまあ、世界の終わりみたいな表情をして大げさだなあ」

やっと目覚めたのか、二階からうお太郎が下りてきた。

寺に人が集まったとしても、こんな全裸の男がいては駄目に違いない。

「お前のことを考えていた。服を着る気は無いのか」

「無いよ。

気が向いたら着るけどさ、今はそういう気分じゃないんだよ。それに別に見苦しい体をしているわけじゃないし、僕は人間じゃなくって人魚だ。だから全裸だっていいじゃないか。服を着た魚がいたら誰だっておかしいと思うだろ」

うお太郎は下唇を指でつかみ、おどけた表情で言い放った。

「私はこの寺に人を集めたいんだ。そういえば、昔は服を着ていた筈だよな。私には、全裸の子供と遊んだ記憶なんてないぞ」

「稚魚は皮膚も柔らかいからね。体に濡れた布を巻いてその上に服を着ていたよ。

そういえばその頃、灯油をかけられてから、火をつけられたことがあってね、脱皮をして何とか逃れたんだよ。張り付いた布を剥がした時は痛かったなあ。

そう、あの時は大変でね、三年ばかし土と水の中から出られなかった。

ま、この襤褸寺(ぼろでら)に人が来ない原因を僕のせいにされちゃ堪まらないからね。

しばらく夜以外は、人前に出ないようにしてあげますよ。夜は山門を閉めるし、誰も来やしないから大丈夫だろ？」

うお太郎が赤い舌を出して、べろりと唇をなめた。

「じゃ、そういうことで。僕はもう一眠りしてくるから」

「一体誰にそんなことをされたんだ？」

「この山に来ていた石採りの男だよ。厭らしい奴でね、時々僕のことを変な目で見ていたよ。ま、そのことはまた今度に話すよ。何だか寝たりなくってね。あーあ、誰かさんに無理やり乱暴に起こされたせいかなあ」

体を伸ばして、うお太郎は再び階段を上がって行ってしまった。

服を着ろと説得するのはどうやら無駄らしい。

玄関の呼び鈴が鳴った。古いせいか、音が歪んでピンポーンではなく、ビンボーンと聞こえる。貧乏寺に相応しい皮肉めいた音だ。

この山寺に来るのは今のところ水道のメーターの検針と、郵便配達員くらいしかいない。そのどちらだろうと思いながら玄関に向かったのだが、予想は外れた。

「相変わらず辛気臭い寺だな」

来訪者は、兄だった。

「以前来たことがありましたっけ、兄さん」

神経質そうで、人を見下したような視線は変わっていないが、白髪が前より増えたようだった。以前、兄はよく教師に間違えられると言っていたが、人を指導するような口調のせいかも知れない。

「ああ、ガキの頃にな。よく覚えていなかったよ。タバコ、いいかな」

こちらの回答を聞く前にもう吸い始めている。

「荷物は山門の所に置いてあるから、あとで運ぶの手伝ってくれよ。しっかし舗装くらいしていて欲しいねえ。タクシーの運転手から嫌味を言われちゃったよ」

兄はタバコの煙を吐くと、こちらにジロリと睨むような視線を寄越した。

こうやって対峙するだけで、圧迫感と息苦しさを感じてしまう。

「事前に連絡をくれれば迎えに行ったのに。どうして急に来たんですか?」

「身内に会いに来るのにわざわざ理由付けが必要なのか?」

「いや別にそういうわけじゃないんですけれど、あまりにも急だから吃驚してしまって」

「俺が来たくらいで驚くなよ。想像力の欠如だな、兄が訪れた程度でいい年した男が狼狽するなよ、情けない奴だな」

自信満々で傲慢で、私よりも体も大きく力も強かった兄。

兄の側にいるだけで、いつも惨めな気持ちになってしまうのは、年を取ってもあまり変わらないようだ。

兄がジャケットのポケットに手を入れて、ポンと札束を出してちゃぶ台に置いた。

帯封のしてある一万円札だ。厚さからして百万円くらいだろうか。

「何ですか、これ」

「ああ、ユキオ。いつまでか分からないけどさ、俺、しばらくこの寺にいるつもりだから。これは当面の宿泊費代わりとして受け取ってくれよ。どうせ貧乏寺の坊主のお前のことだから、こんな金見たことないだろう。本当ならこの十倍くらいポンッと目の前に置くことくらい訳ないんだけどね。大金を持ち歩くのは物騒だからこの程度の金額にしたんだ」

「受け取れませんよ、兄さん。こんなお金……」

「だから俺にとっちゃ大した金額じゃないって言ってるだろ！　お前は黙って受け取っておけよ。自分で使うのが嫌ならどっかに寄付するなり好きにしろよ」

兄はバンッと、ちゃぶ台を叩いてから立ち上がり、体中から怒りを滲ませて座敷から出て行ってしまった。

少々あっけに取られていると、傍らにうお太郎が立っていた。相変わらず服は着ていない。今日は空が曇っていて山から入り込む風が冷たい。寒くはないのだろうか。

「勘弁してくれよ。どういうつもりか分からないんだが、兄さんがしばらくここにいるって言うんだよ。君の姿を見られたら何て言われるか、分かったもんじゃないよ」

「あのさ、あんたの兄さん、人を殺して来たみたいだね」

「えっ」

「人の顔色で分かるんだよ。二階からあんたの兄さんの表情は見ていたからね。僕はああいうタイプの人間って苦手だから、今日からあんたの兄さんがいる限り二階に籠っておくよ。食事の心配は結構。僕は知ってのとおり小食で繊細な生き物だから。むしろ兄弟喧嘩なんかして煩くしないでくれよ」

うお太郎が去っていった。古い寺なので、私が歩くと木の軋む音があちこちから聞こえてくるのだが、うお太郎の足音は聞いた事がない。

だからいつも気が付くと側にいるといった具合で驚かされる。

うお太郎も私を驚かせるのを面白がっている節があり、おそらくワザとやっているのだろう。足音がしない理由は分からない。しかし人じゃないというだけで理解範囲を超えているのだから、考えても無駄なのだろう。

それにしても、あの人魚のことも問題だが、兄のことも考えなくてはいけない。

どうして、便りや事前の電話も寄越さず突然、この寺にやって来たのだろう？　うお太郎が言っていた、兄が人を殺した云々は、きっと兄がミステリ作家と知っての悪趣味な冗談に違いない。作中内でなら、兄は軽く見積もっても百人以上殺している。どれくらい兄がここに滞在する気なのか、言っていることが本気なのかは分からないが、食料の買い出しに行かなくてはならない。

今ここには米と調味料と西瓜くらいしか無いのだから。

山門を出る所で徳じいと兄とすれ違った。

「これからどこへ行くんだ？」

徳じいは兄の荷物を両手に抱えている。何が入っているのか分からないけれどとても重くて辛そうだ。兄はそれを見ても手伝おうともせず、タバコを吹かしている。

「買い物です。夕方までには必ず戻ります」

「おい、ユキオ買い物に行くんだったらついでにタバコと酒を買って来てくれよ。銘柄はお前に任せる。酒はジンだったら何でもいい。ライムを忘れないでくれよ。あ、あと久しぶりにキューバ・リブレも飲みたくなったから、コーラとラムも頼む」

買い物に出るには一度山を下りてから、麓にある自転車に乗り換えて市場まで二キロの道を漕いで行かなくてはいけない。しかも酒屋は市場の中には無い。日本酒なら扱っている店もあるのだが、洋酒となると電車に乗って隣町まで行くか、バスに乗って郊外の大型スーパーに行って購入するしか無いのだ。

徳じいに頼めば車を出してくれるだろうけれど、我儘な兄の為にそこまでさせるのは忍びない。

晩御飯は、庭で取った大葉入りの味噌汁と、生麩を焼いたもの、西瓜の皮のキンピラ、作り置きの利く五目煮にした。酒瓶が重くて食材を沢山買えなかったからだ。

徳じいは、兄弟揃って食卓を囲んでいる姿を見れて嬉しいと、顔をくしゃくしゃにして喜んでいる。

今日は遠くから来て疲れているのに、兄はこんな飯じゃ力が出やしないと皮肉を言いながらも結構な量を食べてくれた。

兄から貰った札束はそっと兄の鞄の中に入れて返しておいたのだが、これはお前にやったものだからと突っ返された。

小説の仕事があるし、読書もしたいから一人部屋がいいと兄は言って、最初二階に行きたがったのだが、上はまだ掃除していないし床板が腐っている可能性があるからと断った。うお太郎と鉢合わせさせたくなかったからだ。その代わり檀家の寄合に使っていた広間に布団を敷いて兄の部屋にした。執筆に必要だからというので机や座布団も運び、寝酒用のグラスも置いた。

「兄さん、言っておきますが寝タバコは厳禁ですからね。燃えやすい物がこの寺には沢山あるし、消火器は玄関と本堂にしか備え付けていません、それに……」そこまで言うと兄に黙れ煩い！　と手近にあった枕を投げつけられてしまった。

兄の不機嫌そうな顔を見ると、相変わらず何も言えなくなってしまう。

仕方がないので、部屋を出て風呂場に向かうことにした。

寺の風呂はまだ古いので井戸水を汲んで薪で沸かさないといけないのだ。なので、薪がしけった雨上がりは風呂を沸かすのに難渋していて、祖母は天気の悪い日や寒さが厳しい日は徳じいに頼んで、車で銭湯に連れて行って貰っていた。

流石に風呂はプロパンに変えようと思っているのだが、収入の目途が立っていないせいかなかなか業社に見積もりを頼めないでいる。

清貧が僧侶の売りと言っても限度があるし、そもそも自分は霞を食うような暮らしは耐えられそうにない。

今は大学卒業後にアルバイトで貯めた金があるけれど、何とか早めに収入の目途をつけてこの寺を盛り上げなくてはならない。でないとこの寺を継いだ意味がない。

俗物的に金銭のことばかり考えていると憂鬱になってくるが、寺を維持していくためには仕方がないのだ。

自分に言い聞かせるようにぶつぶつと呟きながら廊下を進み、突き当たりの風呂場の戸を開けた。湿気のせいか立てつけが悪く、毎度この戸を開くのに苦労させられてしまう。

「やあ」

風呂桶の中で西瓜を食いながら、うお太郎が本を読んでいた。

「ここ、静かでいいね」

風呂桶の中には数センチだけ水が満たされており、底には西瓜の果肉と種が散らばっていた。

「何をしているんだ?」

「何って? 見て分かんない? 読書だよ」

退屈だし、ほら、血みたいでいいだろ。あんたの兄貴の本を見つけたから一冊抜いて来た。もう読んだしつまんなかったから返すよ」

べったりと西瓜の汁がついた文庫本を手渡された。

こんなのを兄に見られたら何を言われるか分かったものじゃない。

「うお太郎、面倒事は増やさないでくれ。それに誰がここを掃除すると思ってるんだ? これから風呂を入れるつもりで来たんだ。勘弁してくれよ」

「西瓜風呂に入ればいいじゃないか。西瓜の果糖がきっと肌にいいぞ。それにこんな襤褸風呂掃除したってしなくったって別に代わり映えしないんじゃないの？」

言い争っても無駄だと悟り、うお太郎に風呂桶から出るよう命じた。うお太郎は素直に風呂桶から出ると体を犬のように震わせて水滴を飛ばした。おかげでますます掃除が面倒な事態になってしまった。

結局、掃除して水を入れ直してから沸かしたせいもあり、風呂に入って出る頃には深夜になってしまった。あの人魚のせいで手間ばかりが増えて仕方がない。だが、下手に出ると兄貴の前に姿を現したり、余計な嫌がらせを受けるかも知れない。

「まったく、嫌になってしまうな」

つい、独り言と溜息が出てしまう。

ギシギシと軋む床を歩いていると、すすり泣きが聞こえて来た。そっと戸を開けると、兄が布団を抱きしめて肩を震わせて泣いていた。枕元には空になった酒瓶が転がっている。

何か声をかけようかと思ったが、上手い言葉が思い浮かばない。このまま見なかったことにして、自分の寝室に戻るべきかどうか迷っていたのだが、脇に挟んでいたさっきうお太郎から貰った文庫本が床に落ちた。

「徳さんか？　ユキオか？」

音がしたせいで兄の方から声をかけられてしまった。

「ユキオです」

戸を開けると、涙で目を赤くはらした兄と、その向こうには破れたり丸められた原稿用紙が散乱していた。

「何つっ立ってんだ、お前。俺が泣いていたのがおかしいか」

「いえっ……」

「お前の足元にある本は何だ？」

うお太郎が汚してしまった兄の文庫本に目を向けられた。喉に何かつまったみたいに言葉が出てこない。

「言えないような本なのかよ。ちょいと見せてみろ」

兄は西瓜汁（すいかじる）の付いた文庫本を拾いあげた。

「これ、俺のデビュー作じゃないか。初版はかなり刷り部数が少なかったのに、よく持っていたな。しっかし、何だこの汚れ。匂いからして西瓜の汁か？　これは俺に対するあてつけか？」

「いや、そういうわけじゃないんです」

「じゃあ、何だよこれは」

人魚が風呂桶の中で兄さんの本を西瓜を食べながら読んでいたので、汚してしまったのですとは言えない。

「まあ、いい。言えないなら座れ。

懐かしいなあ。この文庫に入っている『人食い西瓜』っていうのが俺のデビュー作だ。投稿を始めてから四年目にやっと勝ち取ったデビューでね。純文でのデビューを狙っていたんだが、どうも上手く行かなくってね。思い切って、猟奇的な要素を強くして外連味のある作品にしてミステリに応募したら、新人賞を受賞出来たんだ。不思議なことにさ、選評の中じゃ他の候補作と比べて俺の書いた話が一番ボロクソに貶された。でも受賞したのは褒められた連中じゃなくて、俺の話だった」

兄は酔っているせいか、少し興奮しているようだった。いつものような見下した調子があまりなく、少し不気味に感じる。

「お前覚えていないか？　昔この先の山の少し開けた場所に小さな畑があっただろ。夏休みに遊びに来ていた時に、畑の中に割れた西瓜があったんだ。俺には、散らばった西瓜の破片が砕かれた頭や肉片に見えてね、家に帰るとお前らが西瓜を食っていた。

しこたま吐いたよ。

俺はそれ以来西瓜を食ってなかったんだ。今日の晩飯に出ていたのは西瓜の皮だったから食えたけどな。何か、あの赤い果肉を食むとね、血肉の味が匂いがむわっと漂ってくるようで俺は嫌なんだよ。ちいさい頃の思い出や刷り込みってものは中々厄介なもんだな。一度の見間違いで、それまで好物だったものが食えなくなっちまうんだから」

「兄さんは、今何か悩んでいるんですか？　例えば、執筆の悩みとか……」

「まあ、そんなところだ。早く寝ろ。明日は今日よりもうちょっとマシな飯をこしらえてくれよ。しかし、酷い汚し方だな。これは返すよ」

文庫本を突っ返して、兄は戸を閉めた。

兄は何かを言いかけて止めたような気がした。

部屋に戻り、ドライヤーで文庫本を乾かしてから「人食い西瓜」を読んだ。

場所は不明だが、田舎町で首を切られ、頭を持ち去られた死体が見つかる。

頭の部分には毎回矢の刺さった潰れかけた西瓜が置かれてあり、共通した手口から連続殺人事件であることが判明し、被害者の遺族のTが警察より先に犯人を見つけて同じ殺害方法で復讐を試みようとするのが大まかなストーリーだった。

殺害方法や死体の描写には異様ともいえる程に力が入っているのだが、殺害の動機や何故首を切って頭を西瓜に差し替えたのかという意味や、殺害のトリックは後で取ってつけたようなもので、デビュー作だったからか、粗削りな内容だった。

本を読み終えた後、麦球に照らされた部屋の隅をぼんやりと見るうちに眠ってしまい、朝が来た。

「おはようございます。今日は田んぼの草引きがあるんでね、家に帰らせて貰いますわ。午後から雨が降るとラジオで聞いたもんですから」

徳じいが挨拶に来て、一緒に台所に立ち、朝食を拵えた。兄はまだ寝ているのか、部屋からは何も聞こえてこない。昨日の米の残りを使った茶がゆとノリの佃煮、玉子の出し巻と、庭から抜いて来たネギと水で戻した麩の味噌汁が出来たところで兄を呼びに行った。

だが、兄は部屋におらず玄関にいた。帽子とジャケット姿で、靴を履いているところだった。

「朝食は別にいいよ、東京に居た時も朝は食わなかったから。後で戻って来たら残りを昼に貰うさ」

「兄さん、これからどこへ行くんですか？　まだ朝の八時前で周りの商店はどこも開いていませんよ」

「別に。ちょっと散歩行ってくるだけだからさ。この辺を歩いてみたいんだよ」

「あの、昼から雨だって予報だから傘を」

「いや、いい」

「兄さん、雨が降ると地面がぬかるみますし、この寺以外は雨宿り出来る場所も近くにないんで、傘は持って行った方がいいですよ。あまり強情を張らないで下さい」

「うるさいな！　いらないって言ってるだろう!!」

兄は、何かに激しく苛立って（いらだ）いるようだった。

小説のスランプか何かなのだろうか。兄は何を求めてここにやって来たのだろう。

昨日のすすり泣きの理由も含めて、兄のことが分からない。一番近い身内である筈なのに、何を考えているのか、何を感じているのか、さっぱり想像もつかない。

兄は昼を過ぎても帰って来なかった。

雨はまだ降っていないが、空を重たく黒い雲が覆い、今にもぽつぽつと大粒の雨が落ちて来そうだった。

徳じいは既に家に帰っており寺の中にはいない。うお太郎の姿は昨日から見ておらず、寺の中はしんと静まり返っている。

時計が四時を差した頃、予報よりも遅い雨が降り始めた。

兄はまだ戻って来ていない。

もしかしたら、山に入って迷っているのかも知れない。

まだ日没までには時間があるが、濡れた体で山の中にいると体温を奪われ、最悪の場合低体温症で死に至る可能性だってある。

どうして自分は、昼過ぎに直ぐ兄を探しに行かなかったのだろうと思いながら、雨合羽を羽織り、懐中電灯を手に外に出た。

「兄さーん、どこですかー」

大声を張り上げて呼んでみたが返事がない。

一瞬、兄は勝手に山を下りてどこかに行ってしまったのではないかと思ったが、荷物がまだ寺の中にあったことを思い返し、やはり山の中で迷ってしまったのだろうということで捜索を続けた。

一時間程探して見つからなければ、地元の警察に捜索願を出した方がいいのかも知れない。

雨の降りしきる薄暗い山が、いつもとは違う見知らぬ場所のように感じられて心細い。

「兄さ――ん」

何度呼んでも返事はない。かなり奥まった場所で迷っているのか、それとも足を滑らせて頭を打って、もしかしたら気を失っているのかも知れない。

どんどん雨脚は強まり、辺りは薄暗くなっていく。こうなると山に慣れた自分でも注意しないと危うい。下手すると二次遭難してしまうかも知れないからだ。

喉からあらん限りの声を出し、兄を呼び続けたが、返って来る声は聞こえず、焦りの色が強くなる。一度寺に戻って他の人を呼ぶべきか。

いや、でも、日がもうじき沈むというのに、すぐに誰かが救援に来てくれるという保証はあるのだろうか。山の奥は水晶の狩場があり、あの辺は山肌が柔くて、危ない。焦ると思考が纏(まと)まらず、何をしていいのか分からなくなってしまう。

寺に兄が戻っていて、どうってことない顔で濡れた頭をタオルで乾かしていてくれればいいのに。

そんな風に願ってしまう。

「兄さーん」

ガサッと藪が揺れて音を立てた。

慌てて藪をかき分けてみると、兄がいた。

兄はこちらを見ると何故か逃げるように駆け出し、木の根に足を取られて盛大にすっ転んだ。

眼鏡のフレームが歪み、兄は全身濡れ鼠で、泥に塗れていた。

「兄さん、こんな所にいたんですか。早く帰りましょうよ。私がどれだけ心配したと思うんです」

ふと、兄の顔を見て、視線がこちらに無いことに気が付いた。

自分の肩を透かしてここじゃない場所を見ている。

思わず後ろを振り返り、懐中電灯で照らすと、木に輪になったロープがぶら下がっていた。

「兄さん、あれ……どういうことなんです」

「人を殺してしまったかも知れないんだ」

「え？」

うお太郎の「あのさ、あんたの兄さん、人を殺して来たみたいだね」という台詞が頭の中で思い起こされた。

「いや、冗談だよ」

兄は胸ポケットからタバコとライターを取り出して火を点けようとした。湿気っていたせいか、上手くいかず二つにタバコを折ると放り投げた。

「どうしたんです兄さん。風邪をひきますよ」

兄の顔色は青白く、唇の色も紫がかっている。どれくらいの時間ここにいたのだろう。

「いや、大丈夫だ。ちょっとさ、山の中で次回作のトリックを考えていたんだ。驚かして悪かったな」

「あのロープもそうなんですか?」

「ああ、そうだ。俺が自殺しそうな玉に見えるか?」

目の前にいる兄は、倦(う)みつかれた顔をしている。おそらく兄は本気だったのだろう。理由が何かは分からない。ただ、もともと理解できなかった人だし、作家という職業は何となく自殺者が多いような気がする。

兄流の悪い冗談なのか、本当にトリックを考えていたという可能性もあるが、ひとまず寺に戻ることにした。

「兄さん、肩、つかまって下さい」

「ん? ああ」

夜の迫る山道で、足場も悪く、兄の体は冷えきっていた。

いつもの倍以上の時間をかけて歩き、無事寺に戻ることが出来た。

「誰もいらっしゃらなかったので、吃驚(びっくり)しましたよ。まあ、こんなに濡れて汚れてどうしたんです？」

　徳じいが来ていた。

「天気が悪かったもんですからね、お二人が気になって戻って来てしまいました。米も汁も、温めれば直ぐ出せるようになっていますが、お二人ともそんな様子じゃあ、先に風呂ですね。雨で冷えて帰って来るかもと思って沸かしておきましたよ」

「ああ、それはありがたいね。おいユキオ、当たり前だが一番風呂は俺だからな」

いつの間にか、普段の兄に戻っていた。

　何もかも、徳じいに任せるのは悪いので、風呂の火を焚く番は自分がやることにした。兄は温いだの熱いだの、ぬめりがあるから掃除が不十分だの、やれ風呂桶に小さい虫の死骸が浮いていただの、入りながら文句を言っていたが、山での表情を見たからか、皮肉や不満を幾ら言われても、いつもとは違い気にはならなかった。

　兄が風呂から上がり終えた後、火の番をしていたおかげもあって、体からは湯には浸からずとも冷えは抜けていた。

　煙に燻された体の臭いや、汗や残った泥を早く拭い去りたい気持ちで、風呂に向かう途中、雨の暗闇の中、白くぼんやりとした何かが視界の隅をよぎった。

手に持っていた懐中電灯をその方向に向けると、うお太郎が雨に打たれたまましゃがみ込み、庭に無造作に置かれた石や植木鉢をひっくり返していた。

「何してんだ、君？」

「探し物」

「何を探してるんだ？」

「見つけたら教えるよ、それより早く風呂入って来たら？　あんたの兄さんたち、早く食事にしたいみたいだし、待ってるよ」

「ん、ああ、そうか」

雨の中でも相変わらず、うお太郎は全裸だったが、平気そうだったこともあり、ほっておくことにした。

今は兎に角風呂に入りたい。服を脱衣所で脱ぎ捨て、風呂場に入る。

桶で少し温くなった湯を掬い、体にざーっとかける。これだけで、心地よく流れ落ちてゆく湯と共に、疲れが抜けていくように感じられる。

体を洗ってから湯に入ると、指先からじんわりと溶け込んでいくようだ。目を閉じてしばし風呂を味わう。

金属や氷を砂で叩くような音がザラついた砂嵐のようなノイズと共に耳に届いた。

入浴の心地よさを邪魔された不快さで両手で耳を塞いだが、音は収まらない。

例の石の音だと直ぐに分かったが、雨の中探し回る気もないし、そんなものを必要としていない。

耳なんて開くんじゃなかった。ザブンと頭まで湯に浸かったが、音は止まない。

「えらい長湯だったな、湯あたりか？　顔色が悪いぞ」

座敷に行くと、兄が座布団を敷いてその上に横になって徳じいに按摩をさせていた。

音はやや小さくなったが、まだ聞こえつづけている。耳の中に入った水滴のように鬱陶しくて気になって仕方がない。

兄の体の上で、皺だらけの徳じいの手が忙しなく動いている。

「随分と凝ってらっしゃいますねえ、やはり文机に向かわれるせいですか？　肩がガチガチですよ」

「ま、頭を使う仕事だからな、首やら肩やらに負担がかかっちゃうみたいなんだよ。あ、徳さん、後でお茶、頼むよ」

「兄さん、徳じいに甘え過ぎですよ。いい年した大人なんだから、自分のことはもっと自分でしたらどうです？」

「いえいえ、いいんですよ。この退屈なじいに仕事を言いつけてくれて、本当に楽しくってね。気になさらないで下さいな」

兄は徳じいに、あれやこれやと按摩を終えた後も、食事の最中も、細かい用事を言い続けた。

何度も注意して、態度を改めさせようとしたのだが、兄は聞いてくれず、徳じいも別にいいんですと繰り返すばかりだった。

音のせいで、気分が悪く、よく味の分からない食事を終え、食器を片付けると、就寝時間には少し早かったが兄探しの疲れもあって、眠ることにした。

布団に入り、目を閉じると、より、あの石の音が鮮明になった。

「勘弁してくれよ……探して見つけるまで、この音は止まないのか……」

歯を食いしばって音の苦痛に耐えていると、コツンと何かが額に当たった。

目を開けるとうお太郎がおり、顔をのぞきこんでいた。

「辛そうだね」

「ああ、君の誘いにのって耳を開いたことを後悔している」

「探し物が見つかったからさ。耳を閉じてあげるよ」

「えっ」

額に再び何か触れる感覚があり、気が付くとあの音は止んでいた。

「どうやったんだ？」

「これを使ったんだ」

うお太郎の手に、正八面体の紫と、青に葉脈のような黄の線が混じった色の石があった。

「何だこれは」

「これは記憶石だよ。ずっとあちこちを探していたんだけど、見当たらなくってね、あんたが出た後に風呂桶を上げてみたら底にぎっしりとあったよ。目印となるような数字や単語が書いてあったけど、僕が書いたわけじゃないから、目当てとなる記憶がどれに入っているのかサッパリ分からないんだけどね」

「それはどういう石なんだ？　幽霊石が幽霊を封じていたんだから、それは名の通り記憶が入っているのか？」

「そうだよ。今さっきね、あんたの耳の記憶をこの中に入れたんだ」

「そうか、ありがとう。煩くってたまらなかったから、おかげで助かった」

「お礼を言われると気持ち悪いから別にいいよ。それにこの石の使い方は簡単だからね。石を持って、忘れて欲しい記憶を本人が体感している時に、軽く額の辺りを石で撫でてやればいいだけなんだ。音に関する記憶だけを封じられるかどうか、正直いうと自信は無かったんだけどね。効いたんならよかった。もし、忘れたい記憶があれば僕に言ってよ。嫌という程記憶石はあるんだから」

「この先私がその石に頼りたいと思うことはないよ。だいたいこないだの石探しも、興味本位でやってみただけで、別に石を使って何かしたいとかはないんだ」

「ああそうかい、分かったよ。でさ、ついでにこんな記憶石も見つけたんだけど、一緒に見ないか？　あんたの兄さんに関することなんだ」

墨で「西瓜」と書かれた石がうお太郎の掌中にあった。

「西瓜？」

「そう、西瓜。あんたの兄さんのデビュー作に纏（まつ）わる秘密だよ。あんたもあのつまんない小説読んだんだろ。先代の住職がさ、一番熱心に集めていたのは記憶石だったんだ。数が多すぎてどれから見ようか迷ったんだけどね、西瓜って書いてあるのが目についたからたまたまこれを最初に見たんだよ。そうしたら僕が覚えていない記憶が出て来てね、見ているうちに思い出したよ……この山で起きた殺人事件のことをね」

「えっ……？」

「まあ、いいよ。とにかくこれを見てよ」

「どうやって見るんだ？」

「まず、目を閉じて、石を額に置くと見えるよ。石を額に置いている最中に目を開けないでね」

ざっと青臭い草の匂いがまず感じられた。視線が低い、これは子供の背の高さだ。血の匂いがしたので行ってみると、水晶狩りに来たと思わしき若い青年の腹を裂いて中年の男が性器を突っ込んでいた。

近くには散らばった弁当箱の米と、割られた西瓜があった。

青年は少し息があるのか、うっあっ……と途切れ途切れにか弱い声を喉から出していた。何をしているのかはよく分からなかったが、見つかるとまずいということだけは分かった。

腹を裂かれた青年はやがて、こと切れたのか、手足がだらんと下がり、男も腹から性器を抜き、血まみれの陰部を紙で拭っていた。ふと視線を男から逸らすと、草原の中にこちらと同じように隠れていた見慣れない子供と目があった。

色の白い、気弱そうな五つか六つくらいの子供。あれは誰だろう？　その子の横にいるのはよく知っている顔で、どうやら子供時代の私のようだった。

下半身を拭き終えると、男は鉈をザックから取り出して腹を裂いた男の体に振りおろし始めた。

解体が目的というわけでなく、死体に鉈を振り下ろして行くのがただ面白いというだけでやっているように見えた。

鉈を振り下ろす音が単調なリズムで繰り返されている。

同じように隠れている白い子供と幼い頃の私、鉈を振る男と死体、それぞれに視線を移し替えているうち、男の手が急に止まった。見つかってしまったのだろうか。

男の止まった手の先から視線を移すと、鉈を持った男と目があった。

男は鉈を持ったまま、こちらに来た。

自然と体が動いて、子供の手を引いて逃げた。

「おいおい、逃げちゃうのか〜。二人だけかあ〜？」

ねたっとした声を出して笑い声をあげながら近づく男の気配を感じたところで、記憶が途切れた。

「何だ、これ」

「あんたと兄さんと、僕の記憶だよ。石の中に記憶が入っていたから、僕も今まで知らなかったし、覚えていなかった。あんたも知らなかったみたいだね。石を使っても潜在意識とかは消えないのかな、あんたの兄さんのデビュー作はこの記憶に基づいているのは間違いないと思う。作中のシーンに似てるだろう？」

「この後、どうなったんだ？」

「覚えてないよ。多分今日出てきた記憶石のどっかに入っているんじゃない？　それにしても思い出すことも出来ない記憶があるっていうのは気持ち悪いもんだね」

「この記憶を封じたのは祖父、なのか？」

「やたら記憶石を探して集めることに執着していたし、他に石のことや使い方を知っている人も多くないから、多分そうじゃないかな？」

「何で、私にこの石の記憶を見せたんだ？」

「特に意味はないよ。他に見せたい人もいないし、あえて言えば、あんたの反応を見たかったってところかな」

「この記憶は本当なのか？」

「多分ね。殺人事件があったんだよ、この山でね」

音が聞こえなくなったのはいいが、相変わらず気分は優れない。

「顔色が青いね。僕より血の気がなく見えるよ。急すぎたのかな、他の記憶はまたにするよ、じゃあね」

うお太郎が去った後も、殺人を目撃した一連のシーンは繰り返し、頭の中に浮かんで来た。

匂いや感触や焦りの感情や恐怖の感情まで、思い出してしまった。

被害者の顔も加害者の顔も面識はない。

暗い部屋の中にいるのが辛くなったので、電気を点けた。

天井の雨染みが血の痕のように見えて吐き気がこみ上げてきた。

目を閉じても記憶は繰り返し浮かび上がってくる。

喉が渇いたこともあったので、台所へ向かうと兄と鉢合わせしてしまった。

「お、お前も宵っ張りだな」

もわっと酒くさい息が臭ってくる。

「丁度いいや、酒飲みに付き合え。徳さんがつぶれて寝ちゃって、つまんなくってさ」

「いいですよ、兄さん」

「よし！　浴びる程、般若湯（はんにゃとう）を飲むとしようじゃないか！　寺にある酒全部持って来い！」

兄は呂律があまり回らぬ様子で、千鳥足で座敷に向かいふすまを開けた。

「あれ？　徳さんいねえや。先に寝ちゃったかなあ？」

タバコの煙と酒の匂いが立ち込めている。

煙が目に染みたので、縁側の戸を開けて網戸にした。酒瓶は全て空になっているようだった。

「おい、酒追加で持って来いよ」

「ここにあるので全部ですよ、あーあ、祖母の梅酒まで空じゃないですか。追加はありません」

「なんだとお」

「酒屋も閉まっている時間帯だし、今日は諦めて下さい」

さっき見た記憶のことはひとまず忘れてしまうことにした。だいたいあれが本当の記憶だったという保証はない。うお太郎がそう言っているだけなのだから。

「なあ、ユキオよお、お前はさあ女で苦労したことあるか？」

過去に付き合った女性は何名かいたが、自然と特に理由もなく別れてしまっていた。それなりに良い思い出も苦い思い出もあったが、苦労というのは付き合っていて感じたことはない。

「別にありません」

「だろうな、どうせお前は童貞だろうと思った。お前みたいなつまんない男に惚れる女はいないだろうからな」

別に付き合った経験がないという意味での返答ではなかったのだが、酔っぱらっている兄に、そう反論するのも大人げないような気もしたので黙っていることにした。

「女で悩んだことなんてないんだろお前。俺はあるぞ。サイン会に来てくれた女でさ、最初は軽い挨拶を交わしただけだったんだ。でもさ、新刊出すたびに手紙をくれてね、しかも内容は俺が言って欲しかったような言葉ばっかりが書いてあったんだよ。執筆中に苦しかった時に、何度その手紙に励まされたか分からない。

俺はさ、駄目でパッとしない作家だからさあ、デビューして数年鳴かず飛ばずだし、増刷も数冊出したうちの一冊かかるかどうかでね、それも二刷か三刷止まりだろ。同期の連中はやれ賞レースやらドラマ化やら映画化だの舞台化だの華やかな話ばっかりで焦りもあってさ、辛かったんだよ。分かるか、お前その気持ちがさあ」

私は苦笑いを浮かべ、首を横に二、三度振った。

「だろ、分かんねえだろ。お前は馬鹿で俺みたいなデリケートな男とは違うからよお。で、書店で十名程のファンを集めてトークイベントをやった打ち上げでね、電話番号の書かれた小さな紙切れを貰ったのが付き合いの始まりだったんだよ、その女とはさあ。今思えばベタな展開だよな。酔った勢いで寝て、ずるずると関係が続いたんだよ」

兄の眼が赤く潤んでいた。声が少し上擦り、泣きそうだ。

酔うと泣き上戸になるタイプなのかも知れない。

「寝てからは本を出しても、女から励ましの手紙は来なくなった。それよりも他の売れっ子と比べるような事ばっかり女が言うようになってね、そしてそんな付き合いが三年目に突入した頃に妊娠を打ち明けられたよ。参っちゃった。これには。

それに、相手の女が作家なら誰でもいいって噂で、俺にくれたのと同様の内容の手紙を以前、他の物書きに送っていたことも編集者から聞いて知っちゃったこともあってね、つい言っちまったんだよなあ、一番ありがちで言っちゃいけない台詞ってやつをさあ。

本当にそれ、俺の子かってね。それで、ユキオ、俺とその女はどうなったと思う？　優しい俺は女にどうしたと思う？」

「別れ、たんですよね？」

まさか、目の前の兄に対してそれで殺したんですかとは言えなかった。

「堕ろすなら早いうちがいいだろって言っちゃったんだよ。たとえ俺の子だったとしてもってね。怖かったんだよ、俺はさあ。目の前にやり忘れた宿題を突き付けられて折檻食らわされているような……いや、これはいい喩えじゃないな。

兎に角、怖かったんだ。どうしていいか分からなかったんだ。俺の子だったとしても、見知らぬ生き物が女の腹の中でゆっくり育っていっていることを想像するだけで、怖かった。どうしようもない位、恐ろしかったんだ。今思えば、許して欲しかったんだろうな、俺はその気持ちの一部始終を女に打ち明けたんだ。中絶費用を置いてね。女は金を受け取らず、そのまま立ち去って消えた。

一月後、一言「辛い」って書かれた手紙を郵送で寄越して来たよ。電話番号は変わっていたし、住んでいた場所は引っ越し済みだった。新聞のニュース欄には妊婦の自殺者の記事は無かった。でも何か、その時から俺の全てが変わっちゃったんだよ。何を食っても何をしても虚ろなんだよ。ペンを持っても何も書けない。思い浮かぶのはあの女から貰った手紙の内容ばかりだった。酒を飲んでも寝ていても、あの女の言葉ばかり思い出してしまうんだよ。そしてさ、こないだ札幌の消印がついた、みみずがのたうち廻ったような文字が書かれた恨み文句で一杯の手紙を貰った。これから海に飛び込んで死にます。で結ばれた文でね。何でか、その手紙を読み終えた時に、あっ、今この女は自分の命を絶ったなって思えたんだ。理由は分かんねえけどさ。

文章も書けないし、家にいて何もすることがなくってさ、俺はここに来たんだよ。ロープはここに来る途中の雑貨屋で見つけて、気がついたらレジに持っていってたよ。首をくくっても責任を取ったことにはならないし、あの女も本当は今も生きていて、別の作家を今頃こましているかも知れない。でも、もう何もかもに疲れちゃったんだよ。

ユキオ、俺はどうすればいいと思う?」

兄の姿がいつもより小さく見えた。

体を細かく震わせて泣いていた。

私はしばらくの間、ただ兄の肩に片手を置いて、兄の嗚咽（おえつ）を聞いていた。

「私には、どうすればいいか分かりません。でも、兄さんには自殺なんてして欲しくないし、また時々でいいんで、この寺に遊びに来て下さい。今度は、もっとお酒を用意しておきますから」

自分でもこんな台詞が出てきたことに驚いた。

それから兄はおいおいと子供のように声を上げて泣いた。押し込められていた感情を外に溢（あふ）れさせているようだった。

でも、それが良かったのかどうか分からないが、翌朝、憑（つ）き物が落ちたようなさっぱりした顔の兄がいた。

「昨日は変なところを見せてしまって悪かったな。あの金はやるよ、相談料だ」

「兄さん、あのお金は本当に持って帰って下さい。私は自分自身の手でこの寺の運用を考えないといけないんです」

「そう言うなよ。まあ、案外いい坊さんになれるんじゃないか？　少し気持ちを吐き出したら楽になれたよ。そのことには感謝をしてる。じゃあ、宿泊料と迷惑料ってことでこれだけ受け取ってくれよ」

札束の中から万札を数枚だけ引き抜いて手渡された。

「今度は早く熱い風呂に入りたいからさ、風呂の改装費の足しにしてくれよ」

兄にとって、付き合っていた女性がおそらく、東京の作家暮らしの生活の中で唯一安らげる場所だったのだろう。

その安らげる場所を、自分の手で壊してしまった。私は兄の新しい止まり木のような安定の場所をここで提供出来るだろうか。

「そうだ、ユキオさあ、金だと受け取り難いってことだったら、仕事の紹介をするっていうのはどうだ？　俺は弟に借りを作ったままにしたくないんだよ」

「仕事って？」

「物書きの仕事だよ。寺の宣伝にもなるだろう。紹介してやるよ」

「ええっ？」

「文章なんて文字さえ知っていれば誰でも書ける、しかも元手は殆どかからない。よし、決まりだな、来週くらいに連絡するわ」

「そんな。で、一体何を書けって言うんですか？」

「まあ、ものは試しだよ。この寺の紹介文でも何でもいい、編集者に売り込めそうな文章を考えて書いといてくれよ。お前にとっても悪い話じゃないだろ。名前を出すのが嫌だったらペンネームでもいい。とりあえず何か書け、やってみろ。どうせ頭の悪いお前のことだから、ろくに金の集め方を思いつかないだろ。はい、決まりだ。じゃあな」

兄は言いたいことだけを言って、呼んだタクシーに乗って山を下りて行ってしまった。

振り返ると、いつものように音もなく、うお太郎が立っていた。

「あんたのあのよく喋る煩い兄さんはやっと帰ってくれたね。しかしまあ、あの泣き顔は不細工だったねえ。

あんたの兄さん、湿っぽく昔の女の思い出に囚われているみたいだから、記憶石で忘れさせてやればいいのに」

「いや、そういうわけにはいかないよ。どんな内容でも不要な記憶は無い筈だからね。兄さんが彼女のことを忘れるかどうかも、僕たちが決めることじゃなくって、兄さんが決めることだよ」

「ま、正論ならそうなるだろうけどね。あんたが思っている程、世の中そんな単純じゃないよ」

記憶石を使っても、完全に思い出を消すことは出来ないのだろう。あの兄は西瓜畑で見た記憶を石に封じられた筈だったが、全てを忘れてしまったわけではないようだった。私もそのせいか西瓜の赤から血肉を連想してしまったことがある。

二週間後、郵便物を取りに行ったら、ポストにうお太郎がもたれかかっており、勝手に封筒を開けて手紙を読んでいた。

「三文文士の兄貴が気になるなら、定期的に連絡してやったら？　仕事の依頼の内容と締め切り日だけが書いてあるよ。他は何もなし。あんたら似ているよ。二人とも自分のことしか考えてなくって、寂しがり屋なんだから。僕が女なら、あんたら二人には絶対惚れないな」

うお太郎がぐっと伸びをした。服は相変わらず身に着けておらず、最近日によく当たっているのに体にはシミ一つない。首のあたりを見るとキラッと何かが光った。よく見ると薄く透ける鱗がついていた。

「こんな所に鱗があったんだな」

指で触ろうとすると、嫌だったのか、体をよじって後ずさりされてしまった。

「ああ、もうすぐ秋だからな。脱皮をするんで乾くと出てくるんだよ。痒いんだよなあ、あれ。で、原稿の仕事依頼受けるの？」

「まあ、やってみるかな。多分お金にはならないだろうけどね」

「最初から金になると思ってたの？　本当にあんたはおめでたい坊主だなあ」

隠されていた記憶石と、殺人事件と山にまだある石たち。
目途の立たない寺の運営資金の回収、人の集め方。
そして、横にいる服を着たがらない人魚。
問題だらけで、しかもどれも解決する目途はおろか、糸口さえ摑めていない。
日陰に咲いた遅咲きの紫陽花の葉の上で、蝸牛がのそのそと這っていた。
うお太郎との奇妙な出会いから始まった生活もそろそろ二月になろうとしている。

生魚の石

強い雨が降っている。

兄からはあれ以来便りも電話も来ていない。

白い人魚の男、うお太郎はいつものように全裸のままで、縁側でじっと雨を見つめている。

私はというと、先日兄の紹介を受けたという編集者からの依頼を受け、慣れぬ原稿の執筆に四苦八苦していた。

数文字書いては消し、数行書いては消しの繰り返しで、アリジゴクの巣穴に落ちてしまった蟻(あり)のように紙の上でもがき続けている。

「田舎暮らしの御坊さんの、ゆるやかな生活ってことでありのままの日常生活を書いて下さい。堅苦しい内容でなくっていいんです。

軽い感じのエッセイで、長さは四百文字詰めの原稿用紙で五枚でお願いします。

楽しみにしていますよ」

出会ったこともない、東京にいるという編集者から掛かってきた電話の内容が頭の中で蘇る。

最後の「楽しみにしていますよ」の、一言がただひたすら重く感じる。

ありのままの日常生活、そんなもの書けるわけがないのだ。

チラリとうお太郎の方を見た。

相変わらず、雨に打たれる庭の土をじっと身動きもせずに見つめつづけている。

今日は、うお太郎が摘(つま)んで来た金魚の尾で頬を叩かれて目を覚ました。

それから山の中の池に泳ぎに行こうと誘われたのだが、断った。

何故なら時計を見るとまだ、朝の四時だったからだ。

こんな時間に泳げるかと断ったら、癪(しゃく)に障ったのか布団の上に気持ちの悪い地虫やら毛虫やらを撒かれてしまった。

潰すと布団に汁がつくので、火箸で一匹ずつ摘んでバケツの中に集めて庭に放してやった。

後で虫たちが寺の中に戻って来て入り込まれると困るので、唐辛子を煮た水を霧吹きに詰めて辺りに撒いた。

こうすると防虫の効果があり、殆どの虫が入って来られなくなる。

だが、その効果が保証されるのは雨が降らない限りだ。

昼前に降り始めた雨のせいで、唐辛子水の防虫剤は流されてしまったに違いない。

雨上がりは虫が増える。

そうだ、うお太郎のことは抜きにして虫と寺のことを書こう。

筆を執り、原稿用紙の空白を埋め始めた。

どれくらい時間が経過したかは分からない、首筋にひやりとしたものを感じて横を見ると、うお太郎が何か白いカサカサしたものを摘んだ指を当てていた。

「気持ち悪いな、やめろよ。今真剣に原稿書いてるところなんだから邪魔するなよ」

うお太郎は白い乾いたものをぴろっと広げて見せた。

「これ、僕の皮。綺麗に大きいのが剝がれたからあんたにやるよ」

「なんだよそれ」

「財布にでも入れておいてよ。もしかしたら金が貯まるかも知れないぞ」

「そりゃ、蛇の脱けがらならそういった御利益があると聞いたことはあるけど、君のじゃあなあ」

「いいじゃないか、とっておいてよ。遠慮はするなよ貧乏坊主くん」

雨はいつの間にか止んでいた。

うお太郎のことは無視して、原稿を書き続け何とか最後まで終えることが出来た。

ぐっと伸びをして消しゴムのカスを払ってから、原稿を折り封筒の中に入れた。

たった五枚の原稿だというのに、随分時間がかかってしまった。

苦笑しながら、宛先を書き封をした。

「代わりに届けてやろうか？」

今日はやけにうお太郎がよく絡んでくる日のようだ。

「まさか、冗談だろ？　変質者として捕まるぞ」

全裸の男が私の原稿が入った封筒を持ったまま、巡査に職務質問にあっている姿が頭に浮かんだ。人ではなく、人魚だから人の法律が適用されないという理屈はおそらく通らないだろう。

「捕まりはしないよ、僕は変装の名人なんだ」

うお太郎は、封筒を私の手から当たり前のようにパッと取って足早に去っていってしまった。

「おい待ってくれ！　そのままの姿で外に出るんじゃないぞ！　冗談じゃないよ!!」

後を追ったが、廊下の先でうお太郎を見失ってしまった。

相変わらず足が速い。もしかすると、この寺には隠し扉か何か特別な仕掛けがあるのかも知れないし、身を隠すことが出来る石を、うお太郎が隠し持っている可能性だってある。ともかく、逃げてしまったうお太郎を見つけたり、捕まえたりすることは寺内では不可能に近いようだった。

「ふう」

溜息を吐いて側の壁に凭れかかる。

現実離れした日々がやや悩み事を曖昧にしているが、この寺には金がない。原稿用紙一枚あたりの料金は幾らくらいだろう。兄からもらった仕事は魅力的だった。今は一円でも多くの金が必要だからだ。

原稿用紙も鉛筆も高価なものでないし、日常生活を書くというなら、取材費も必要がない。寺の仕事の合間にやれば、小遣い稼ぎになる、そんな風につい考えてしまう。

幸い水は井戸水と雨水を使っているので、困らないが、光熱費はそうはいかないし、食費はかかる。

寺のあちこちガタのきたところに手も入れたい。

今は、床板の腐ったところの修繕をしているのだが、大工道具の歯がちびていたり、錆が浮いているものが多い。

大工道具も何でもかんでも徳じいに借りるわけにはいかない。

住職として他人の重荷にはなりたくないのだ。

畑を作ろうと、山の土をいじってみたが、あまり日が差さないせいか質が悪い。

徳じいの紹介で、農家の手伝いも時々しているのだが、現金収入にはならない。

「お待たせ。また、暗い顔しているな。どうせ金のことでも考えていたんだろ、この生臭貧乏坊主」

長く黒い髪の女性が、目の前に現れた。

ベージュの夏物のカーディガンに白いシャツ、紺の長いスカート。

うお太郎が、どこにでもいそうな地味な感じの女性に様変わりしていた。

「どうしたんだ、その格好」

「髪はかつらだよ。どう、驚いた？」

別人と喋っているような錯覚に襲われる。

声はいつも聞いているうお太郎に違いないのだが、動きがまるで違うのだ。

顔には薄く、化粧まで施している。

「驚いたというより、なんだ君も服を着られるんじゃないか」

「長くは無理かな、布地が擦れてね痛いんだよ。こないだ脱皮したばかりだし。さあ、この格好なら文句はないだろ、この封筒を郵便局に持って行ってやるよ」

「いや、いい私が出す。出したいんだ、どうもこういう肝心なことを他人に任せると不安に思ってしまう性質でね。さ、変装はもう十分堪能したことだし、晩のおかずの買い物にも行きたいからあっちへ行ってろよ」

うお太郎は口を尖らせて、不服を表したが、取り合わないで外に出た。

山を下り、バス停近くの郵便局に向かう。

無人の野菜販売所では、大きなつやつやとした茄子が置かれていた。笊一杯に入って、値段は百円と書いてあり、少し傷があったり凹みがある茄子ばかりが入っている方は三十円の値札がついていた。

荷物になるので、帰りに買おうかと思ったのだが、その間に売れてしまうかも知れない。頭の中には茄子を使った料理が幾つも浮かぶ。茄子は油を吸うので、炒めものはよくないだろう。今、寺にある油はごま油の入った瓶が一つだけで、残りも殆どないと来ている。徳じいに分けて貰ったぬか床に入れて、ぬか漬けにし、残りは味噌汁に入れたり、焼き茄子にして食べよう。生のまま切って、少し塩をして食べても茄子は美味い。

十円玉三枚を木の箱の中に入れ、茄子を笊から手提げ袋に移した。

茄子の入った袋を持ったまま、郵便局に入った。

外気が暑かったので、ぶんっと……低い音を立てて羽根を廻す扇風機の風が心地よい。着払いで良いと、編集者から伝えられていたので、窓口の人に封筒を渡し、そのようにして欲しいと伝えた。

「では、手数料として十五円いただきます。ところで、中身は何ですか？」

私は何故か中身が原稿と言えず、手紙と答えた。どうして小さな嘘をついたのか分からない。

帰りに市場で味噌と砂糖を買い足し、寺に戻ると、全裸に戻っていたうお太郎が寝ていた。

まるで倒れたマネキンのように見える。

化粧品や服やかつらはどこに隠していたんだろうか。あの様子から想像するに、女装が初めてというわけではなさそうだ。祖父母がうお太郎に女装させていたのだろうか？

この寺の過去や、うお太郎のことを考えれば考えるほど訳が分からなくなる。

じりりりりんっと電話の音が響いたので、悩みを振り払うように頭を振り駆け足で廊下に出て受話器を取った。

「はい、もしもし」

電話に出ると、町会の山口と名乗る人が、早口で用件を捲(まく)し立てるように喋りはじめた。

なんでも、家の近所で子供たちに法話をしてくれないかということで、謝礼と交通費は出すということだった。以前は、祖父にお願いしていたのだが、高齢を理由に断られることが多くなり、すっかり会は開かれなくなってしまっていた。だが、徳治さんの話で住職のお孫さんが来たと知ったので、思い立って連絡したということだった。

願ってもない申し出だったので、二つ返事で受け、壁にかかっていたレンタカー会社から貰ったカレンダーに赤い丸と日時と場所を書き込む。

早速どんな話をしようかと、居間に向かい書架の前に立つ。

経典の一冊を書架から引き抜き、開いた。

どう法話を組み立てるか、時間配分はどうするか、聞き手に分かりやすいように話すにはなどと考えながらページを捲った。

時計を見ると、いつの間にか三時間も経っていた。大急ぎで庭に水を撒き、掃き清め、夕飯の支度をした。風呂を沸かすのは手間に感じたので、井戸水で体を洗い、眠りについた。

今は夏だからいいが、冬になると井戸水で体を洗うというのは厳しい。雨が降った後は薪が湿気っていて、火が付きにくく、風呂を沸かすのが大変なのだ。

金銭取得のための算段と法話のことがごっちゃになり、あれこれ考えるうちに日々は過ぎていく。

法話の予定の前夜、声が突然出なくなったり、詰まったり噛んだりする悪夢を何度も見てしまったせいか、眠ることが出来なかった。

会場に行くまでの間、道を歩きながら何度も小声で今日話すつもりの例話を繰り返し練習し続けた。

開始時刻の一時間前に会場に着き中に入ると、町会の人たちが円座になって何か話し合っていた。

「あ、もう来たんですか。って時計をみたら、予定時刻通りでしたね。今日の予定では集まるのは十人くらいみたいですわ。まあ、気楽に座って待ってて下さい」

目の前に麦茶の入った紙コップを置かれたので、一口飲んだのだが、緊張のためか味はしなかった。

円座で語り合っていた人々はしばらくすると一人が「そろそろ時間なんで」と帰り、他も釣られるように何やら二、三挨拶の言葉を残して帰って行った。

残ったのは一番年配と思われる、老人が一人だけだった。

「今日はよく来てくれました。町会の山口です。さっきの連中はね、話題がなくてもあっても、ここに毎週午前中だけ集まって話して帰るんですよ。もうすぐ子供たちが来るでしょうから、それまでゆっくりしておいて下さい。それにしてもまあ、先代の若い頃によく似ていますなあ」

「そうですか。あの、実を言うとあまり祖父、個人のことは知らないんですよ。山口さんから見て祖父はどんな人でしたか？」

一瞬、山口さんの表情が曇ったように見えた。

「まあ、何か月かに一度、ここで法話をお願いしていましたけれどね。特に込み入った話をしたことはないんで、こっちもあまり人となりは知らないんですよ。よく笑う優しそうな御坊様でしたよ」

ガラガラと引き戸が開いて、子供が入って来た。

「こんにちはー」

年齢は幾つくらいだろう。小学校の中学年くらいだろうか。

無地の半袖のTシャツと、ピンク色のスカート、熊の刺繍（ししゅう）の入った靴下を穿（は）いている。

よく日に焼けていて、腕にはあちこち皮の剝けた痕があり、この間見た、うお太郎の抜け殻を連想してしまった。

子供は軽く頭を下げると、壁際に積まれた座布団の一つを取って、その上に三角座りをした。

「山口さーん、今日えっちゃん来るって聞いてるう？」

「今日は来るとは聞いてないよ」

山口さんの言葉を聞いて、子供はえーっと抗議の声をあげた。

「そんなのってないしー。学校でここで会おうって約束したんだよ」

どうやら友達と待ち合わせのつもりで、ここに来たらしい。

「ここは、法話の後は夕方の五時まで子供たちの遊び場として開放しているんですよ」

「そうなんですか」

「ええ、この辺りの学区は広くってね。子供同士の交流がどうしても稀薄になりがちなんですよ。それはいけないと思ってね、この場所を定期的な集まりの場として、子供や地元の人たちにアピールすることを思いついたんですよ。と、言っても思いついたのは私じゃないんですけれどね」

その瞬間、山口さんはしまったという顔をした。

「もしかして、その提案をしたのは私の祖父ですか？」

「いや、まあ。どうだったかな。昔のことなんで、よく覚えていなくって。年を取ると色んなことを忘れっぽくなって。いけませんねえ」

「子供が三角座りのまま、ゲームで遊んでいた。ピコピコと機械的な電子音が聞こえてくる。

山口さんは胡魔化したが、この集まりを考案したのはきっと祖父なのだろう。そして、山口さんは何故かそのことをあまり私に知られたくないようだ。もしかすると、祖父の集めていた石に関わる何かが、かつてここで行われていたのかも知れない。

だが今は、そのことを勘ぐったり、探ったりするのは無しだ。これから始まる予定の法話について意識を集中させたい。

しばし目を閉じて、話す順序の確認をした。

ガラガラと引き戸が開き、続けざまに子供が二人入って来た。

「こんっちゃー」

今度は男の子で、二人は兄弟のようだった。スポーツブランドのプリントロゴの入ったTシャツにお揃いの半ズボン。膝小僧には絆創膏と瘡蓋(かさぶた)がついていた。あまり仲が良くないのか、二人とも先に来ていた女の子には話しかけもしなかった。

兄弟がじっとこちらを見ている。その視線がこちらを観察しているように感じて、少々居心地が悪い。時計の長針は二十五分を差している。予定では三十分から法話を開始予定だ。

「遅れて来る子がいるかも知れないから、四十分まで待ってみましょう」

だが、待っても他に子供は現れなかった。

三人の子供を前に、用意してきた話をしはじめたのだが、一人は相変わらずゲーム中で、残る二人は兄弟で小突きあったり、こちらを見て何やらひそひそと内緒話をしている。

山口さんは腕を組んだまま俯いて座っており、こちらから見ると眠っているようだった。

予定していた三十分の間、なんとか話し終えることが出来た。

「今日聞いたお話で、何か質問とか、もっと聞いてみたいことはあるかな？　あったら手を挙げてみて下さい」

子供たちに言ってみたが反応はなく、早く帰れと言いたげな視線が男の子から向けられただけだった。

山口さんが腕組みを解いて、ゆっくりと立ち上がって私の側に来た。

「えー、今日はお坊さんからありがたいお話を聞きました。またこういう会を定期的に開こうと思っています。今日は人が少なかったので、次回はなるべくお友達に声かけをして、誘って来て下さい。それでは今日はこれで終わります。いいですね？」

「えっ、あっ、はい」

急にこちらに振られたせいもあり、間の悪い返事しか出来なかった。

その時、ガラガラと戸が開き、浴衣姿の女の子が一人入って来た。

「こんにちは」

うお太郎程ではないが、色が白い子だった。

目がとても大きくて、首筋が細い。

「おや、遅れて来たんだね、ちょうど今終わるところだよ」

山口さんがそう言うと、浴衣姿の女の子の大きな目が潤んだ。

「えーそんなあ。もうお坊さん帰ってしまうんですか？」

「ここは五時まで開いているけど、お坊さんはこれから用事があったら帰ってしまうと思うよ。えーっと、この後お忙しいですかねえ？」

山口さんがこちらを見て言った。

「いえ、別にこれから予定はありませんけど」

「どうやら、お坊さんは残ってくれるみたいだよ。おじさんは、一旦家に帰ってまたここに戻って来るから。みんな五時までには片付けて帰ること。一度でもここで悪ふざけをしたり、喧嘩や誰かが怪我するようなことがあったら、遊び場として提供することはないからね。分かったかい？」

子供たちが一斉に「はーい」と応えた。

「ちょっとすみません。車をいつもと違う場所に停めて来たんで、ちょっと動かして来ます。二十～三十分したらまた戻りますから」

山口さんは車のキーチェーンをちゃりちゃりと鳴らしながら外に出て行った。

子供たちはわーだの、きゃーだの叫び声を上げながら走り回り、早速座布団などを投げ合っていた。

自分の横には、さっき来たばかりの浴衣姿の女の子が座っている。

「他の子と一緒に遊ばないんですか？」

女の子は首を横に振った。桃色の浴衣の帯が、金魚の尾のようにふわふわと合わせて揺れる。

「騒がしいことは嫌いなの。それに浴衣と洋服じゃ動きやすさが違うでしょ。加わったところで、あたしだけが狙い撃ちになるのは目に見えてるもん」

「そういえばそうだね」

「おじさんのお茶、一口貰っていい？　喉が渇いちゃった」

「飲みかけだから新しいのを出すよ」

「ううん。新しいの出さなくったっていいわ。あたし別に飲みかけでも気にしないから」

「そういうわけにはいかないだろう」

女の子が急に側によって、ふんふんと鼻を鳴らした。

「どうしたんだい？」

「おじさん。おじさんって変わっているわね。近くに人魚がいるでしょ。ほら、鱗がついてた。これ、人魚の鱗でしょ？　それに、おじさん、人魚の匂いがする」

大きな黒目がちの瞳がじっとこちらを見据えている。

「人魚？」

うお太郎のことを、この女の子は知っているのだろうか。

「人魚の匂いはね、桃に似ていて甘くて、少し酸っぱいの」

うお太郎の体臭は感じたことがない。うお太郎の存在を知っているのは今のところ、徳じいだけだ。山奥の寺だし、少女一人があの場所に迷い込んで、うっかりとうお太郎を見てしまったとは、考え難い。

「人魚は禍を呼ぶから気を付けてね」

「禍？」

「うん」

「じゃ、あたし、言わなきゃいけないことを伝えたから帰るね。また来るから」

戻って来た山口さんと入れ替わるように、浴衣姿の少女は帯をひらひらさせながら去っていった。


翌週、初めて書いた原稿が掲載された雑誌が手元に届いた。

恥ずかしいような、嬉しいような気持ちと、不安が綯交ぜになったまま茶封筒を破ると、雑誌と一緒に薄い水色の一筆箋が出てきて、花びらのようにふわりと畳の上に落ちた。

『この度は小誌の九月号にご寄稿下さいまして、誠にありがとうございました。

見本誌が出来ましたので、お手元に送らせていただきます。物凄く面白い内容のエッセイで社内でも話題になりました。今回のような文体で連載をお願いすることは可能でしょうか？　もしご検討いただけるのでしたら、次回の編集会議で編集長にかけあってみます。

お忙しいことと思いますが、くれぐれもご自愛くださいませ』

そんなに褒められる程面白い内容だっただろうか。連載と言われても、ネタはあまりない。先日行った、法話の時の出来事でも書けばよいのだろうか？　なんてことを考えながら目次を追っていると、自分の名前が見つかったが、題名が自分で送ったものと異なっていた。

はて、素人の原稿なので編集者が変えてしまったのかな、それとも記憶違いかと思いつつ自分の原稿が掲載されているページを開くと内容までもが全く異なっていた。

他人の原稿としか思えず、編集者の間違いか狐にでも化かされたのかと唸(うな)っていると、うお太郎が現れて背後から雑誌を取り上げられてしまった。

「あのままじゃ駄目だと思ったから、ちょいと手を入れたんだ。家賃代わりだよ」

「君、一体いつやったんだ」

「あの女装していた時だよ。掏り替えたの気づかなかったんだ。鈍いなあ。郵便物は出す前に中身を確認しなくっちゃね。で、どう面白かった？」

正直言うと、確かに私の書いたものよりずっと面白かった。

「どくとるマンボウ調の文章にしようと思ってね。あんたのは堅苦し過ぎるんだよ。もっともらしいことを言おうとしているだけだろ。あんなのが載ったら、読者が可哀想になるよ。どうせ法話も覚えたての話を棒切れみたいに突っ立って喋ってるだけなんだろう？」

実際、うお太郎の原稿が編集者に受けが良かったのは事実であるし、自分の書いたものを送ったら同じ反応が返って来たとは思えない。

でもちょっと悔しくもある。

「どうしたの？　もしかして怒った？」

「いや、ちょっと庭の掃除でもしてくるよ。久々の晴れ間だし、溝に集まった枝葉や泥を掻き出したいんだ。水たまりも埋めたいしね。お墓参りに来た人が蚊で難儀しているようだし、蚊取り線香を焚くくらいじゃ殆ど効果がないみたいだから、元となりそうなボウフラが湧く場所を消していきたいんだよ」

「へえ、意外と住職らしい仕事もしてんだね」

「ああ、だからこの時期はお墓参りに訪れる人もいるから、あまり外に出ないでくれよ」

法話の時に出会った浴衣姿の少女のことが思い浮かんだ。

あの子は、もしかすると誰かの墓参りについてきて、偶然うお太郎を見つけたのかも知れない。あまり多くはないが、先週からぽつぽつとお墓に参る人は見かけた。

大抵が見知った近所の集落の老人たちだったが、全員を確認したわけではない。

あの中に子供が紛れ込んでいてもさほど不思議ではないのだ。それに、うお太郎から話しかけた可能性だってある。この人魚は知らない間に人に近づく名人なので、大人に気が付かれずにそっと少女の背後に立って「人魚だよー」と名乗った可能性は捨てきれない。

「なあ、うお太郎。君、最近小さい女の子に人魚だってここで名乗ったりしなかったか？」

「何で？　そんなことするわけないじゃないか。僕は言いつけを守って寺の中で大人しく過ごしているじゃないか。こないだの女装での外出だって、別に黙って出ることも出来たけどちゃんと許可を求めたし、あんたが駄目って言ったら外に出なかったんだぞ。それにもうずっと子供の姿なんて見ていないよ。最後に見たのは池に入る前かな。ところで、どうしてそんなこと聞くのさ」

うお太郎に法話での出来事を聞かせた。

するとあっさり、うお太郎は「それはきっと人じゃないね」と答えた。

「じゃあ、あれは誰だったんだ？　君と同じ人外のものなら、あれは何なんだ？」

「そんなこと言われても分からないよ。僕が直接会ったわけじゃないんだもの。でも、僕の匂いが分かるだなんて、ちょっと気味が悪いかな」

「君でも気味が悪いと思うものがあるのか」

「まあね」

庭や排水溝の手入れは思ったよりも随分と骨が折れた。

夜になる頃には前かがみになった姿勢での作業のせいか、腰と膝が痛み、足も重く感じる。

疲れすぎたせいか、食欲もあまりなかったので余った冷や飯を湯漬けにして流し込んで、倒れるように眠った。

そのせいで、いつもと枕が違っていることに気が付けなかった。

夢を見た。

籐椅子に女性が腰かけて座っている。女性は思いつめたような顔で、とつとつと痛切な恋の話を語り始めた。

自身の話というよりも、物語を朗読しているような調子だった。

人と出会い、別れる、期待し、裏切られる。それでも縋りたいと思う女性の愚かさと、寂しさ、官能的な声と悲痛な叫び、死別による別れ、捨てられた切なさ。

朝日が覚めると両の目から涙が溢れていた。

寝起きであったけれど、頭の中に女性が語った声も物語の内容もしっかり残っている。何かに書き留めたい気持ちになったので、布団も上げずにノートが置いてある次の間に行ってペンを走らせた。

頭の中で、夢の中で聞いた恋路の物語が、今度は文字となって目の前に広がっていく。

夢中となって、その作業を進めていると地響きのような雷鳴が聞こえた。

どたどたと雷鳴に負けない足音をたてて、うお太郎が二階から落ちるような速度で階段を駆け下りてきた。

「どうしたんだ？」

「雷だよ、怖い」

「えっ？　今までも何度も雷が鳴っていたことがあったじゃないか」

「こういう近くで鳴るのは苦手なんだよ。しばらくここに居させてよ。頼む」

本当に怖いようで、微かに震えていた。ただでさえ蠟のように白い皮膚が、薄暗い闇の中でより白く見える。

「あ、あんたは何してるんだ。今、ちょっと怖いから何か話して欲しいんだ」

「ん、何って、別に。夢で見た話。いや、これは聞いた話になるのかな。それが面白かったから、忘れないうちにこうやって記しているんだよ」

うお太郎の目がすっと細くなった。悪巧みが成功した時に、この人魚はこういった顔をするのを知っている。

「もしかして、君が私にあの夢を見させたのか？」

「納屋を掃除していたら、木箱が出て来てね。中を見たら枕が入ってた。ついでにこんなのも入っていた」

祖父の文字で書かれた、黄色く焼けた和紙だ。そこには「物語石。これを枕にすると、石が物語を聞かせてくれる」とあった。

「どういうことなんだ？」

「別に。僕が原稿を差し替えたこと、気にしていたみたいだからそれもあってさ。でも、本当に物語を夢で聞けるのかどうか、効果があることは知らなかった。大事に取って置かれた石みたいだし、聞いた物語はいいものだったんでしょ？　ねえ、それをさあ、編集者に送ってみなよ。お金になるかも知れない」

どっと雨が降り始めた。屋内は更に暗く、まるで夜のようだ。

私はノートを破り捨て、うお太郎に向かって投げつけて、乱暴に襖を閉めて床の間に戻った。

八つ当たりなのはわかっている。

今日も雨なので、庭の手入れは出来ないし、農家の手伝い仕事もないだろう。

収入の目途が立ちそうな仕事は、二週間後に控えている子供向けの法話会の一つだけだ。

さっき腹が立ったのも、うお太郎が余計なことをしたということよりも、一瞬それでもいいかも知れないと思ってしまった自分自身に対してだ。

「困ったな」

頼りない呟きは雨音にかき消されてしまった。

二度目の法話の日は、幸いなことに雨ではなかった。

前回の山口さんの声掛けが効いたのか、初回よりも集まった子供たちの数は多かった。

子供たちの顔を一人一人確認してみたが、あの浴衣姿の女の子はいなかった。

前のようにまた遅れて来るのだろうか。

幾つか仏様の教えを話し、予定の終了時間を迎える頃には、子供たちから拍手を貰うことが出来た。

初回は覚えて語るだけで精いっぱいだったが、こんどは少し余裕をもって話せたからかも知れない。

山口さんが締めの言葉を語っている最中、子供たちの顔を見ているといつの間に来たのか、浴衣姿の女の子が混ざっていた。

うお太郎が言っていた通り人ではないからだろうか、戸が開いた音も気配もしなかった。

それとも、自分が今まで見落としていただけなのだろうか。

山口さんが挨拶を終えると、子供たちは幾つかのグループで輪になって遊びはじめた。

どの輪にも加わらず、他の子に話しかけることもなく、浴衣姿の女の子は真っ直ぐこちらに向かって来た。

「あの人魚は嫌いよ。早く追い出して」

彼女はとても怒っているようだった。

「どうしてあなたは気が付いてくれないの？」

「えっ、それって、どういう」

「あたしを早く見つけて」

彼女は微笑み、他にも何か言っていたのだけれど、周りを駆け回る子供らの声のせいでよく聞こえなかった。

「もう一度、言ってくれないか。よく聞こえなかったんだ」

「何度も言わせないで。これでもあたし、凄く真剣なのよ。じゃあ、またね」

手を振って、少女は去って行った。

山口さんは新聞を読んでいる。子供たちは変わらずきゃーきゃーと、声を上げながら皆が楽しそうに遊んでいる。

「どうした？　なんかぼーっとして。また金の心配か？　銭好き坊主くん」

寺に戻り、ちゃぶ台に頬杖をついて今日あったことを反芻(はんすう)していると、うお太郎がやって来た。

全裸の人魚と名乗る男と同居していることを知っているあの子は、何故今日あんなことを言ったのだろう。それに、聞き逃してしまった言葉も気になる。

「そんな人を銭ゲバみたいに言わないでくれよ。今日は法話に行って来たんだけどね、またあの女の子に会ったよ。不思議な子だったな。君みたいな人魚なんだろうか。見た目は全く違うんだけどね、神出鬼没なところとか少し似ているように感じたよ。

あたしを見つけてって言われた。どういう意味か分かるか？」

「そりゃ分かるさ。その子はあんたのことが好きなんだよ。だから見つけて欲しいんだろ」

「茶化さないでくれよ。相手は子供だぞ」

「子供だって馬鹿にするもんじゃないさ。女に年齢は関係ないよ。若くたって、老いていたって、女は魔性だよ」

「何だよそれ」

人魚は禍を呼ぶという少女の言葉がふと、頭に浮かんだ。

「法話の時間ってどれくらいなんだ？」

「三十分程度だよ。なんでそんなこと聞くんだ？」

「僕も行ってその子を見てみたいんだよ。前みたいに服を着ていけば大丈夫だろう？」

うお太郎は悪だくみを思いついた時の笑みを浮かべている。

「少し考えさせてくれ」

うお太郎は赤い舌を出して座敷を出て行った。

どうやら本気で行くつもりだったようだ。

夜中に、雨音で目を覚まし、時間を確かめようと体を起こすと、側に浴衣姿の女の子が座していた。

「わっ」

急に側にうお太郎が現れるのには慣れているけれど、こういうことは想定外だったので思わず大声をあげてしまった。

しばらく動転していたが、枕元にある水差しからコップに水を注ぎ、一口飲むとだいぶ落ち着くことが出来た。

暗闇の中、あたりは麦球のオレンジ色の光で淡く照らされている。

「ねえ、あたしを見つけて」

少女の声に焦りが含まれている。以前見た時と随分雰囲気が違っていた。

「君はここにいるじゃないか」

「本当のあたしはここにいないの。あなたにしか見つけられない場所にいるの」

「ごめん。意味が分からない。どうやってここに来たんだ？　君は、何者なんだ？」

「ねえ、時間がないの、あたしの手を取って」

少女が小さな手をすがるような目をして、伸している。

この手を取ってしまったが最後、異界にでも引きずり込まれかねない雰囲気に気おされて、私は逆に手を引っ込めてしまった。

少女はそのことがショックだったのか、眉が寄り大きな目がたちまち潤んだ。

「ねえ、本当に時間がないの。お願い」

泣きかけた小さな女の子から差し出された手。

でも、その手を自分から取ることが出来ない。

「ねえ……」

「ごめん」

少女は手を引っ込めて、腕で両目の涙をごしごしとぬぐった。

「遅いし、暗いから帰りなよ」

「もうっ」

少女は私の両腕を摑み、子供とは思えない力で体を引っ張り、障子を突き破って縁側に出た。

障子の木枠で耳と顔を切ってしまった。糠雨（ぬかあめ）がしとしとと降り続いている。

庭に急に引きずり出されてしまい、泥だらけだ。少女はまだ私の腕を離さない。

凄い力で握られているせいか、手が痺（しび）れて来た。

人ならぬ、子供の姿の妖（あやかし）を怒らせてしまったか、がっかりさせてしまった咎（とが）で、これから私は彼女に縊（くび）り殺されてしまうのだろうか。

以前、記憶石でうお太郎に見せられた西瓜畑での殺人現場を思い出し、急にせり上がって来るものを感じて、その場で吐いた。

すると、少女はパッと摑んでいた両手を離してくれた。

「もう、ほんっとに、ほんっとに最低！　命がけであたしはあなたを助けてあげたのよ」

「えっ」

パラパラと豆が撒かれるような音、その次にプチプチと糸が切れるような音がした。

そして、滝がなだれ込んで来たような音と地響きが起こり、立っていられなくなり、その場に膝をついた。

「来て」

腕に強い痛みを感じ、そして私の体は宙を舞った。

距離としては数メートル程だろうか、かつてうお太郎が眠っていた池に私の体は嵌まり込んでいた。

最近の雨で池に水がたまり、底は泥に覆われていた。

時間にすれば数秒だろうか。目の前で山がゆっくりと形を崩し、私が住んでいた寺の一部を飲み込んでいった。

溶けたチョコレートに包まれたような状態の寺から、折れた柱や瓦が覗いている。

声が出ない。あのまま寺にいて、眠り続けていたらきっと生き埋めになっていただろう。

「大丈夫？　痛くない？」

池の縁に少女が立っている。全身濡れ鼠だ。

「大丈夫だよ」

彼女が伸ばした手を今度は躊躇いなく取り、池から上がり、辺りを見渡した。

長雨で緩んだ地盤が原因の山崩れに違いない。

予兆を感じることは、全く出来なかった。

「助けてくれてありがとう」

「見つけてくれてありがとう」

「えっ」

彼女の手を握っていたのとは逆の手をみると、いつの間に摑んだのか丸い石が掌中に収まっていた。

「それが、あたしよ」

石を軽く撫ぜると少女がくすぐったいと笑った。

「君は、石だったのか？」

少女は微笑んだまま、首をゆっくりと横に振った。

「よく石を見て」

雨雲の合間から差す微かな月明かりを頼りに石を見ると、中に小さな緋色の魚が泳いでいた。

「ずっと、寂しかったの。一人ぼっちで。本当にずっとずっと土の中で凄く悲しかったの。ねえ、ほんもののあたしに触れて。石の中に指が通るから」

浴衣姿の少女の声は震えていた。

「あたし、自分自身の姿を見たことがないんだけど、見っともない姿をしていないわよね」

石の中に小指を入れ、魚の背にそっと触れた。

「とても、可愛いと思うよ」

した。

「そう。ありがとう」

浴衣姿の少女が目を閉じると、大粒の涙がぽろぽろと零れ落ち、すっとその場で姿を消

「アッツッ……」

急に石が焼けたように熱く感じ、思わず手から落としてしまった。

拾い上げようとしたが、石は割れて湯気を立てている。

火傷を覚悟で拾い上げて、中を見たが、どこにも泳いでいた緋色の魚はいなかった。その代わり、小さな丸い真珠のような粒を石の中で見つけた。

「はあー大変だった。水の中を泳いだことは何度もあるけれど、泥の中を泳いだのは初めてだ。あ、珍しいもの持ってるね」

全身泥まみれのうお太郎が現れ、石の中にあった白い粒を指さした。

「これ、魚石の卵だよ。どこか、静かで人の声が聞こえる場所に埋めてやるといいよ。五十年くらい経てば稚魚が孵るよ。あんたの言っていた子は魚石の中に住む魚だったんだね。よほど長生きだったんだろうな。本で読んだことしかないけれど、長く生きた魚石の魚は、人に化けたり予知が出来るっていうから。でも乾いた場所に出たり、人の手が魚に触れる

とね、死んでしまうんだよ」

「そうなのか」

「あんたのこと、命がけで守りたい程好きだったんだろうね」

「それにしても可哀想なことをしてしまった。あの子にもっと早く気が付いてあげれば、良かった」

「あのさあ、恋愛事にそれはないよ。ああすればとか、こうすればっていうのはないない。たられば は、ありえないんだよ。バカだなあ」

「石の中にいた、魚の子はどうなったんだろう」

「完全に死んだよ。だって気配がしないもの。でも、死ぬのが分かっていてもあの子は誰かに触れてもらいたかったんだろうね」

石の中の白い粒を拾い、うお太郎に聞いた。

「これは？」

「そりゃ卵だ」

「あの子みたいな魚の入った石になるのか？」

「分かんないよ」

「そうなのか」

「伝説なんてそんなもんだよ。それより寺が半分なくなっちゃったよ。どうすんの？」

「そうだな、どうすればいいんだろう」

「霧も出て来たし冷えるから早く軒に入ろうよ。客間は被害を免れたから今夜はそこで寝て、他のことは明日考えよう」

雨が庭の土を打ち、泥が小さく跳ねた。

「早く埋めてやるといいよ。その石の卵」

「ああ」


土砂災害にあったのは、この町ではうちだけだったが、役場の人が来て重機で泥や木だけは処理してくれた。

土砂崩れのことが地方紙の新聞に載ったとかで、兄から現金書留が届いたがまだ中身は開けていない。

寺は消防団からの要請もあり、居間や客間のあった住居の部分は壊して無傷の庫裏と本堂だけを残すことにした。

私は石の卵を本堂の近くに埋めた。

そして、毎日埋めた場所に向かって法話を聞かせている。

割れてしまった魚石も同じ場所に埋めようかとも思ったのだが、土の中で寂しい思いをしていたと聞いたこともあり、今は庫裏においてある。

時々、あの黒目がちな瞳で見つめられている時に感じた視線のようなものを向けられているような、錯覚を覚えることがある。

石の卵に向かっての練習のおかげか、法話も最初の頃よりは上がらずに話すことが出来るようになってきた。

空を見上げると、薄い虹が曇り空にかかっていた。うお太郎は、寝てばかりいる。狭くなったせいで、以前より寺の中で顔を合わせる機会が増えた。

夏ももう、終わりに向かう。

天狗の石

泥水が古くなった靴のゴム底からしみ込んで来ている。歩くたびに湿ったじゅるじゅるという音をたてていて、気持ちだけでなく、足取りも重くさせている。服も湿気を吸って重く、肌にべったりと張り付き、靴下もぐっしょりと濡れそぼって、手も足もすっかり冷え切ってしまっている。

乳白色の霞に森も山もすっかり包まれて、その合間からごっそりと抉り取られたような山吹色の山肌が覗き、傷口から流れ落ちる血のように、水が細くちょろちょろと伝って下まで落ちている。

目の前には半分ひしゃげた寺があり、黄色いバリケードテープが辺りに張り巡らされている。

泥から顔を出す、折れた柱、割れて積み重なる瓦。

役場に解体撤去作業の申請を行ったので、来週辺りここに作業の目途を立てるために建築業者がやって来るということだった。

白い肌を泥でまだらに汚した姿で、うお太郎が不敵に微笑みながら傍らに佇んでいる。

「フヒヒヒ。いきなり宿なしになったね」

人魚が禍を呼ぶというのは、まんざら迷信でもないのかも知れない。

「別に。庫裏は無事だし住めないことはないよ。だから宿なしじゃあない」

「もう諦めて、ここを去った方がいいんじゃない？　あんた田舎暮らし向いてないでしょ。無理しなくったっていいんだよ。それにまた災害があると危ないだろ。それでなくったってここは、得体の知れない殺人鬼がいたりと、やっかいな場所なんだから。あんたの夢なんて、あんた以外誰も望んじゃいないっていう現実をそろそろ見た方がいいよ」

私は首を黙って横に振った。にやにやした顔でうお太郎が表情を窺っているのが分かる。

「そうは言うけど君はどうするんだ」

ふと、一人でこの問題に立ち向かえるほど自分は強くないのだなということに気が付いた。減らず口を叩き続けてくれるうお太郎がいるから、何とかここに自分は立っていられるのかも知れない。少なくとも、全裸の泥まみれの男の姿を見ている限りあまり深刻に悩まないで良いような気がしてくるからだ。

「僕は人じゃないし山がまた崩れたら泥を泳いで乗り切るよ。この長雨で池にも水が結構溜まってくれたからね。池に戻ってまた数年間眠ってもいいわけだし。あんたと違ってね、人魚は便利に出来ているってことをお忘れなく」

にやけ顔のうお太郎の口角がさらに上がり、赤桃色の歯茎が覗く。狼狽えている私の心を見透かすのがとても楽しい、とでも言いたげな顔をしている。

「近くにテントを張ってでも、私はここに住み続けてやる。ここで何もかも放り出してどこかへ行ったとしても、中途半端になって結局ここへ戻って来てしまいそうな気がするんだ」

「ふうん。強がるね。僕は無理だと思うけどなあ」

うお太郎は言い放つと、手をひらひらと振りながら、霧に巻かれた林の間へと消えて行った。

寺が潰れてから、何故かうお太郎は庫裏におらず、林の中で大半の時間を過ごしているようだった。手や爪が泥に塗れて、帰って来ることが多いので、土砂に流されてしまった石でも探しているのかも知れない。

時々、土砂の合間にキラリと光る石の欠片を見つけることがあるが、拾わないでいる。どうせ、ろくでもない記憶が入っている石か、何か禍々しいことを起こす種となるような石に決まっているからだ。幸いなことに、耳は閉じたままでいる。

ここでかつてあったという殺人事件も、他の人の記憶も、私にとっては関心がない。自分の胸にある、幼い頃の楽しい記憶だけを再現したい。

それは、そんなに大それた夢なのだろうか？　そう思うのはおかしいことなのだろうか？

庫裏に戻る足取りがやけに重く感じられる。

「こりゃあ、無理ですね。全壊撤去した方がいいです。住居部分もパッと見は無事ですが、基礎の土が持ってかれてますし、住めたもんじゃないですね」

調査に来た土木作業員から聞いた説明は、私にとって絶望的な内容だった。

「重機を運び入れて解体作業に入らせていただきますが、その間のお住まいはどうします？」

「えっ？　ああ。親戚の家にやっかいになる予定です」

徳じいのことが頭に浮かんだので咄嗟にそう答えたが、うお太郎のこともあるので無理なことは分かっていた。

いや、たとえうお太郎と一緒でも、あの気のいい徳じいなら受け入れてくれるだろう。でも一度甘えてしまうと、自分の大切にしていた夢が脆く崩れさってしまうに違いない。

日々農業を手伝い、地元民と交流し、徳じいと家族のように接する。坊主の仕事は説法だけでいいじゃないか。墓もこの調子では、参る人も減ってしまうだろうし。

そんな心の声も聞こえて来るのだが、そんなに容易(たやす)い方に流れてしまって良いわけがない。もし、夢が叶わなかったとしても、あがいた証が必要だ。でもそのためにはまず、何をすればいいだろう?

土木作業員がテキパキと作業を進める様子を見ながら、私は考えるうちに、ふと、頭に名案が思い浮かんだ。さっそく行動に移さなくてはならない。人は危機に瀕(ひん)している時こそ、立ち止まってはいけないのだ。急な坂を傷だらけで上っているようなものだ。立ち止まると動けなくなり、座り込んでそこからどこへも行けなくなってしまう。

私は山を下り徳じいの家を訪ねた。

「チェーンソーとノミを貸して下さい?」

「おやおや、坊ちゃん。どうしました? 崩れた寺の解体なら業者に任せるとおっしゃっていたじゃないですか。素人が手を出すと危のうございますよ」

「そうじゃない。新しい住まいを建てるつもりなんだ」

「でも、これから寒くなってきますし、簡単にはいかないと思いますよ。せめて始められるなら、暖かくなってからにしませんか? このじいも手伝いますんで」

「いや、いいよ。自分だけの手でやりたいんだ、どうしても。何か手で作っていないと私は自分自身を失ってしまいそうなんだ。ログハウスなら、切り出しと組み立てで時間をかけずに作れるし、何とか出来るかも知れない。昔、作るところを見たことがあるんだ」

「坊ちゃん。無茶なことは無茶です。無謀なことに挑戦することは賢い方がすることではございませんよ。だから、道具はそういうことに使うのならお貸し出来ません。それにこの雨続きの天気を見て御覧なさい。これじゃ、足場もろくに組めやしませんよ。冷静になって下さい。坊ちゃんは色んなものを失って気が動転しているだけですよ。こんな状況で家なんて作ったらきっと大怪我をするに違いありません」

気が動転しているのは確かだった。人の心はいったいどれくらいまで非日常的なことに耐えることが出来るのだろう。山寺に来てからというもの、予想がつかない騒動ばかりで気が休まったことがない。一度立ち止まると、狂気の波にさっと飲まれておかしくなってしまうかも知れない。

いや、今までの出来事で既に私はおかしくなっているのかも知れない。

冷静沈着な徳じいが羨(うらや)ましく思える。その静かな目や表情が、今、自分が真に欲しているものなのだろうか。

しばし黙ったままの私を残し、五分ばかり経った頃に徳じいが熱い茶の入った湯のみを茶托に載せて戻って来た。

「これでも飲んで落ち着いて下さい。この辺りでつんだ茶葉ですよ。どうです、美味しいでしょう」

濃いめに淹れられた茶が喉を伝って肺腑を温める。

思わず目を閉じゆっくりと味わった。茶の良し悪しは分からないのだけれど、心のコリのようなものが少し解(ほぐ)れたような気がした。

「そういえば今思い出したんですがね、坊ちゃん。寺から少し歩いた道の先に茶屋があったでしょう」

「そうだったかな」

「ええ、ええ、ありましたよ。昔、石採りやハイキング客で山が賑わっていた頃に建てられた茶屋でねえ、開けているのは夏場だけでしたが、当時そこの家主さんも石を採る人でしてね、夏以外の季節はその茶屋の二階で石の加工をしていたんですよ。指輪や耳飾りなんかを主に作っていましてね、月に一、二回、京都市内や大阪の方に売りに行っていると話していたんですがねえ。もうずいぶん前に細工用の石が尽きてしまったせいか、出て行ってしまって、それっきり戻って来てないんですよ。あそこなら住居にしていたくらいですし、少し手直しするだけで、何とかなるかも知れませんよ」

「今年ここに来てから山を随分歩いてみたけれど、それらしい建物は見なかったけどな」

徳じいが手を伸ばし腕をつかんだ。皺に覆われた血管の浮き出た硬い手に触れているだけで、少し心が安らいでくる。私は今、誰かにきっと幼子のように甘えたいのだろう。自分の未熟さが腹立たしい。

「道に手を入れていませんし、草で覆われて見過ごしてしまっているだけだと思いますよ。近くに小川が通っていましてね、流しそうめんをしていたのを覚えています。ですから、川を辿って行けば必ず見つかる筈ですよ。

どれ、このじいも明日付いて行ってあげましょう。

実は、持ち主が出ていく時に鍵を預かったままになっておりましてね、時々窓なんかを開けといてくれって頼まれていたんですよ。最初の一、二年は光や風を入れていたんですが、便りも何もないもんで止めてしまってねえ。今日の今日まで忘れっぱなしになっていました」

山寺より、更に奥にある茶屋。

そういえば小さい頃、訪れたことがあるような気がする……。茶屋の様子や大きさは覚えていない。付け汁がやけに甘かったことと、髭面の大きな男が一人でやっていて、冷やし飴を飲んだような気がする。

「そういえばあったね。思い出したよ」

「思い出していただけましたか、坊ちゃん。今夜はここに泊まってって、明日の朝いちばんに行きましょう。ほれ、新聞の天気予報を見てみたら明日は晴れるようですよ」

徳じいは満足そうに顔をしわくちゃに笑みを浮かべながら、新聞紙を広げて見せてくれた。落ち着いた私を見てほっとしたのかも知れない。

「お寺が崩れてしまったことは残念でしたが、ゆっくりと機を見て進めていきましょうよ。焦ると人生ろくなことがありませんよ。これからの冬、ここいらの雪は直ぐに溶けてしまいますが、山の中は四月頃まで凍った雪が残ります。まだまだ坊ちゃんはお若いですし、焦ることなんて何一つございませんよ」

結局、徳じいに甘えてしまっている。疲れが溜まっていたのか、風呂を借り、布団に横たわった瞬間から記憶がなく、気が付けば朝になっていた。

「おはようございます、坊ちゃん」

空は天気予報が当たったようで、快晴。青空に太陽が強い日差しで照りつけている。

「昨日は随分青白い顔をしていて、幽霊みたいでしたが、今日は目の下のクマも少し薄まって元気そうですね。今日は山を歩くんで沢山食べていきましょう。朝ごはん作ってあるんで好きなだけ食べて下さい。儂は庭におります。食べ終わったら声をかけて下さいな」

ちゃぶ台の上には、ラップのかかった皿がずらりと並んでいた。焼き魚に煮物、お浸し、きんぴら、玉子焼き、野菜炒め、酢の物、稲荷寿司。

「いただきます」と両手を合わせて言うと、ほろりと熱い涙が零れ落ちた。どうも泣き上戸になってしまったようだ。涙が後から後から湧き出てきて、止められなくなってしまった。

「どうしたんですか？　そんなに悲しそうなお顔をして」

「少し、考え事を……」

「何も考えずに召し上がってくださいな。今日は暑くなりそうですなあ」

眩しそうに日差しに手を翳し、徳じいは再び庭の手入れに戻った。

私の思うことなど何もかも見透かされてしまっているのかも知れない。

食事を終えた後、借りた車に草刈り道具や弁当を載せて山に戻った。

「まずは記憶を頼りに歩いて探しましょうか。スズメバチを刺激すると危ないんで、静かに行きましょう。実は足が遠のいた事情の一つはねえ、窓を開けに行った時に大きな巣の側をうっかり通ってしまって、気が付いたら蜂が諤々と警戒音を鳴らして周りを飛び回っていたってことがあったからなんです。音を立てずに、静かに行きましょう」

徳じいは首にかけたタオルで汗を拭うと、ズボンの裾をゴム長に入れた。

「山蛭（やまびる）にも気を付けて下さいよ。あいつらときたら、一度吸い付いたらライターで炙（あぶ）るまで離れてくれませんから」

黙って頷き、あとをついて行った。

草刈り鎌で足場を開きながら歩くこと四十分ばかり。

さほど寺からは離れていない場所で、目指す茶屋は見つかった。

だが、茶屋は恐ろしいほどの葛（かずら）に覆われており、小さな緑色の小山のようになっていた。

赤紫色の花が幾つかちらほらと咲いていて、芳香を放っている。

こんな状態では、近くを通ったことがあっても気が付かなかったのも無理はない。

「こりゃあ思ったより酷い状態ですね。よりにもよって葛とはまあ、根をちゃんと絶たないと、幾ら刈ってもイタチゴッコになってしまいますよ。刈り取った後の蔓（つる）や根はしっかり焼いて下さいよ。こいつらと来たら幾らでも伸びるんだから」

葛に覆われた緑の家屋に住み、人を呼ぶというのも良い案ではないかなと思い、口にしてみたところ、徳じいが言うにはとんでもないということだった。

「葛を甘く見ちゃいけませんよ。今日来てよかった。もうちょっと遅ければ葛は家を潰すところでしたよ。面倒でも全部刈り取って、根を抜いて薬を撒いて枯らすっきゃないんです。重曹も念入りに撒いて、茶屋の周りには生えないようにして下さい。葛は根に栄養を貯めますからね。周りの植物を枯らせてしまうし、本当にやっかいったらありゃしませんよ」

よほど葛が憎いのか、徳じいはいっきに捲し立てた。

緑の蔦（つた）に覆われていない破れた窓から中を覗きこむと、テーブルの上でうお太郎が大の字になって寝転んでいた。

緑色の簾（すだれ）のようになった葛を避けると、色の褪せた木製にペンキで「やまのちゃや」と屋号が書かれた看板と扉が出て来た。

扉は木製の引き戸で、手をかけると意外なことにスッと開いた。

うお太郎は私が入っていることに気が付いているのか、いないのか。相変わらず身動（みじろ）ぎもせずに大の字のままだ。

「あらまあ、あの人魚。こんなところに服も着ずに……坊ちゃん、こいつをどうにか出来ませんか?」

私から少し遅れて入って来た徳じいが、心の底からウンザリさせられたというような表情と声で、不満を訴えた。

「煩いなあ。午睡もおちおち味わえないなんて」

うお太郎が目を擦りながら体を起こし、猫のような伸びをした。

「爺さんと、金無し坊主が二人して何の用？」

「胡散臭い人魚なんかに話すことはありません。作業の邪魔なんで出てってくださいな」

珍しく強気な徳じいに対してうお太郎は「はいはい」と答えを返し、外に出ると少し離れた場所の木立に腰かけて、葛と悪戦苦闘する私たちの様子を眺めていた。

本当に葛という植物はやっかいで、屋根や壁に絡みつき、へばり付き、茶屋と一体になっているようだった。蔓草だと甘く見ていたのだが、茎が固く鎌でも簡単に切れない。手がすぐにマメだらけになり息が上がった。農作業に慣れている徳じいも、辛そうに見える。あっという間に茶屋の側には葛の小山が出来、夕方頃には全体の四割程を省くことが出来た。

作業に没頭している間は、側にいるうお太郎のことも、徳じいへの恩や、崩れてしまった寺のことも忘れることが出来た。

「今日はこれくらいにしておきましょう。省いた葛は縛って、リヤカーで引いて寺の側で燃やしてしまうことにしましょう。消防署への許可は出しておきますから。この調子じゃ、二週間である程度の目途は付きそうですね。親株を省いたら薬を流して、冬場の間は防草布を敷いて様子を見ましょう。中で火を使う時には火事には気を付けて下さいよ」

徳じいの協力に感謝し、うお太郎をその場に残して一旦寺に戻った。徳じいは今夜も泊まっていくことを強く勧めて来たのだけれど、甘えることが癖になってしまいそうだからと言って固辞した。徳じいもこれから先、収穫の時期も近いので私の作業ばかりに構ってもいられないだろう。明日からの作業は一人でやると伝え、終わり次第農作業の手伝いも必ずすると言った。徳じいは無理だと思いますよと笑い、お好きにやんなさいと山を下りていった。

着ていた衣服の泥を落とし井戸水で体を洗う。

今日は気温が高かったせいもあり、水の冷たさがとても心地よい。

晩御飯は茶がゆを作り、具の無い味噌汁と共に流し込むように食べた。夜更け過ぎに空腹で目が覚めた。水に砂糖をぶち込み指でかき回して飲んでみたけれど、空腹は全く収まる気配を見せない。目は余計に覚めてしまった。

私は手探りで懐中電灯を探し当て、上着を羽織ると外に出た。

鎌とシャベルに付いた土を拭い、茶屋へと向かう。月明かりが差してくれた。茶屋の中に人の気配を感じた。おそらくうお太郎だろう。また眠っているのか、すーすーと寝息の音だけが聞こえてくる。

それから私は夜明け近くまで、ずっと葛の駆除を行い続けていた。

葛の茎は固く、かなり大きな音を立てて作業していたのだが、うお太郎はずっと眠り続けている。

朝日がようやく顔を覗かせる頃になって、私は腰を下ろし、軍手を外して、近くの小川に手を浸した。冷たい小川の水が破れたマメや剝けた手の皮の傷痕に染みる。小川の水で口を漱ぐと、急に喉の渇きを強く感じたので、犬のように直接川面に口を付けてごくごくと喉を鳴らして飲んだ。

ぎぃっと戸が開く音がした。「人魚の匂いがするな、共にいるのか。愛玩用か？　それとも鑑賞用か？」

茶屋の中から出て来た人物は、見ると黒い羽を背負った作務衣姿の大男だった。

「どうした？　人魚臭い男よ」

「えっ？」

「どうした？」

「あの、どなたですか？」

見た目からして人外であるのは間違いないだろう。激しい労働から来る疲れと空腹が見せた幻……でないことは確かで、男の存在はあまりにも実体を伴い過ぎていた。

「石の匂いもするな。となるとあの寺の子か」

「はあ」

我ながら気の抜けた返事だったが、疲れていたし頭も働かないのだから仕方がない。

「ワシはな、おぬしの元同業者だ。これでも昔は坊主だったんだぞ」

「はあ。で、今は？」

「これを見れば分かるだろう」

木々の間から差し込む朝の光を背に、バッと黒い翼が広がった。

「天使ですか？」

「おぬしはバカか？　ワシは天狗だ、天狗」

「天狗が、何をされているんですか？」

「頭の鈍いやつとの会話は要領を得なくって疲れるな。ははあ、ここの葛を一人で夜通し除けていたのか。しかしバカはバカよのう。おぬし、葛の駆除は初めてじゃろ」

「はあ」

「もっとハッキリと返事をせんか」

「はあ」

「なんだか、こっちまで頭が悪くなってしまいそうだ。葛はな、こんな通り一遍の駆除なんかしたって無駄だ」

「へ？」

「こんな草臥(くたび)れるだけの無駄な作業は止めてしまった方がいい。葛はあっという間に伸びてしまう。根を完全に曳(ひ)いてしまわない限りすぐ元通りになるぞ。おぬしが無駄な作業を趣味でしているのなら、仕方がないがな」

天狗は特に顔が赤いわけでも鼻が長いわけでもなく、両の腕を広げたくらいの黒い羽以外は格好も普通の山のハイキング客と変わりない。

「無駄というのは本当なんでしょうか？」

「天狗の言うことが信用ならんなら、園芸家だろうが畑をやっている奴だろうが、誰でもいいから聞いてみるといい、無駄だと教えてくれるだろう」

「私は、農業で営みを得ている人から駆除方法を聞いたのですが」

「きっと、その爺さんが呆(ほう)けているか、おぬしが中途半端に意見を聞いていたんだろう。薬を使うとか燃やすとは言っていなかったか？」

「はあ」

言っていたような気がする。空腹が激しくなり、血糖値が下がって来たせいかクラクラする。

「具合が悪そうだな。大丈夫か？」

天狗が羽をしまい、私の側に寄った。

折りたたまれた羽は黒いリュックのようにしか見えなかった。だから山男のような格好をしているのだろうかと思いながら、私は両膝を地面についた。

「こりゃあ、重症だな。お前さんはどこか悪いのかい？」

「いいえ、たぶん……空腹なんです」

天狗は急に体をぶるぶるっと震わせて、畳んだ羽をバッと広げると腹を抱えて笑い出した。

黒い鴉（からす）のような羽根が辺りに散らばり、犬のような体臭が鼻についた。

「はっはっはっはっはっはっ。これは、愉快愉快」

笑い上戸なのか、天狗は腹を抱えて笑い続けていた。私は、意気込んで取り掛かっていた作業が丸っきり無駄だったことを知ったせいか、その場で動くことが出来ず、朝靄（あさもや）の中で笑う天狗をぼんやりと景色のように眺めていた。

「いやあ、すまん、すまん。あんまりにも可笑しくってな」

太い指で目じりに浮かんだ涙を擦りながら天狗は言った。

「いやあ、久々に笑った笑った。ああ、そういえばおぬしは空腹なんだったな。これでも食うか？」

どこから取り出したのか、笹の葉に載った、大きな牡丹餅(ぼたもち)と味噌を塗った握り飯を二個差し出された。

「遠慮なく食うがいい。ワシは人が物を食っているところを見るのが好きなんでな」

衛生面での心配や人外の者から貰う食べ物ということで躊躇いはあったが、空腹には勝てず、握り飯を手に取り口に運んだ。炙った香ばしい味噌の匂いがプンと鼻に届く。甘辛く味付けされた味噌とほろりと崩れ落ちる米がするりと口の中に落ちていく。徳じいの作る握り飯の味に少し似ていたが、味噌の甘味がより強い気がした。

「うまい……です」

素直に味の感想を伝えると、天狗はそうだろう、そうだろうと深く頷いた。

大きな握りこぶし二つ分程はある握り飯だったが二個ともあっという間に平らげてしまった。

牡丹餅も遠慮せずに食えと勧められ、そちらにも手を伸ばして口にした。

餡(あん)のあまり甘くない豆の粒が立った塩気が強い味の牡丹餅で、顔の半分くらいの大きさがあったのだが、全て食べてしまった。

「随分食ったもんだなあ。ところでこのまま、礼もせずに逃げたりはしないだろ。一飯の恩義ということで、おぬしに頼みたいことがあるんだがいいか？」

天狗は肩にめり込まんばかりの力を手に込めて迫って言った。

「お願いに……よります」

「ふうむ。それもそうか。願いを聞かぬうちに承諾は確かに出来んよな。実はな、石を探して貰いたい」

「それは、嫌です」

「何故に？　おぬしはこの先にある寺の血族の者だろう。代々石を探して石を売って生業にしていた一族ではないか。それなのに何故厭う？　天狗嫌いなのか？」

「そういうわけではありません。石を見つけると苦しいのです。耳を開いて、石を見つけて、最初は綺麗で不思議な力のある石に魅せられた部分もありますが、今はもう、嫌なんです。石のことを思うだけで胸が痛い」

「そうか。で、おぬしのことにちょっと興味が湧いたんで、色々と聞いていいか？　それくらいの望みは聞いてくれるだろう。おぬしは知っているかどうか分からないが、天狗から物を得た者は必ず望みに応えないといけない」

「応えないとどうされるんです？」

「まあ、幾つかの選択肢があって選ぶことが出来る。ワシの眷属となってワシの気が済むまで仕えるか、引き裂かれて、食われるか。まあ、えーっとそんなところだな」

「拒否権はないんですか？」

「どうなんだろうなあ。ワシはいい加減だから。ワシがどう思うか次第だな。ともかく、質問くらいはいいだろう？」

「質問の内容によりますが……」

「もったいぶるな。いいじゃないか別に。まず、名前は何だ？」

「ユキオと言います」

「ふうん。年は幾つだ？」

「二十四です」

「人魚とはどういう関係なんだ？」

口から出たのは、自分でも意外な言葉だった。

「多分、友人だと思います。いや、人じゃないなら友魚？」

「そうか、そうか。で、なんでこの小屋の葛を曳いてたんだ？」

今までの自分に起こった出来事の一部を天狗に語った。

「金に困っているなら石を売ればいい。耳を使わなくっても、石を探す方法があるぞ。教えてやろうか？」

「いえ結構です。本当に嫌なのです。あれは人の理から外れたものですから。例えば、あなたのような……。私は人から外れたくありません。自分は石を売って財を成したいとは思えないし、少なくとも私の思い出の中に石に纏わるものはありません。幼い頃に見た光景と同じものを取り戻したいだけなんです」

「変わった奴が住職になったもんだなあ。あの石に魅せられて石を売って生きていくのが生業と思わなかったのか？」

「いいえ。ところで祖父は、どんな人でしたか？」

天狗は小屋近くにあった石にどかりと腰を落とした。

「ワシはこう見えてな、結構長いこと生きている。おぬしの祖父に限らず、あの寺にいた連中は殆どそうして生きていたからな。たとえ見つけ方を知らなくても、妖が来て誘うんだ。人よりも妖の方が石に魅入られるからな。まあ、ワシもその例外じゃなかったというだけだ。おぬしの祖父は耳も目も特別良かった。これをちょっと見てみろ」

天狗は服の中から紐のついた赤い楕円形の石を取り出した。

「これはおぬしの祖父が見つけた石だ。これ以上のものはもう、どんなに望んでも手に入らないだろう」

石の色は瑪瑙に似ていて、ところどころ鶏の油のような黄色がかった霞模様が入っている。

「この石にはどんな効果があるんですか?」

「知りたいか?」

天狗の視線がこちらを射抜いていた。緋の潜む獣の目だ。

そうだと答えれば、今度は否応なしに相手の要求に応えなくてはならないだろう。

「察したか。それとも、ワシがまぬけということか。そうだと答えていたら、おぬしに石を探してもらうと頼むつもりだった。でも聞け。耳や目を使わずに石を見つける方法だ。それはな、この山の土をな」

自分の手首がいつの間にか天狗に取られていた。凄い力で振り払うことが出来ない。

「土を撫ぜて、ほら……」

血豆だらけの掌に土と小石が食い込み痛む。天狗は手首を離すつもりがないようだ。

「止めて下さい!」

「掌に集中しろ。すぐに済むから」

天狗の獣のような体臭が強くなり、その場に少し吐いた。

酸い胃液と唾液が口角から垂れ、糸を引いている。

天狗は嘔吐物の上だろうが何だろうが、容赦なく私の手を引いてあちこち地面を撫でまわし続けている。

ずっとそんな風に強く手首を握られ続けているせいか、手が痺れてきた。

ぴくりっと小指が攣(つ)ったように動いた。

天狗はその小さな動きを見逃さずに、その場を掘れ、と私に伝えた。

ずっとこのままでいるのが嫌だったので、私は小さく頷いてその場の土を浅く手で掘った。

するとその場から小さな雫形の浅葱色(あさぎいろ)の石が出て来た。

「上出来じゃないか」

天狗は私の手から石を取り、豪快に笑いながら言った。

手はまだ痺れ続けている。

「うむ。思ったよりも良い石だ」

私はその場に座り込み、手についた泥や砂や汚れを服で拭った。あとで衣服は井戸水で洗うしかなさそうだ。汗やら泥やらいろんな汚れがついてしまっている。

「無理やり悪いことをしたな。ささやかなお詫びとして、この場の葛を今夜のうちに駆除してやろう。それとワシには嘘は通じない。言葉に出すかどうかは意味がない。おぬしはこの石の説明を心のうちで求めていただろう？　まあいい、答えなくっても。言わなくてもワシには分かっている。それがこの赤石の効果だからな。広い山の中でも同じ効果を持つ石はないと言われた。ついでにおぬしの祖父や曾祖父たちが見つけた石をおぬしに見せておいてやろう」

天狗は体のあちこちから紐のついた石を取り出してみせた。

「これは夢見をよくする石、これは目的に邪魔な者を排除する石。これは……」

石の説明を聞くうちに、それとも石の効果だったのかどうか定かではないが、激しい眠気に襲われて、私はその場で横になった。

冷たい土の感触と木々の間から差し込む光の温かさに包まれるうちに、糸が切れるように深い眠りに引き込まれてしまった。

「あっ。起きた」

目を覚ますと、天狗はもういなくなっていた。

うお太郎の光を吸い込むような暗い双眸(そうぼう)が私の顔を見下ろしている。

「天狗に会ったよ。ひどい目にあった」

「へえ、あんたも会ったんだ。割と面白いやつだよね」

「私は二度と会いたくないな」

「そうはいかないんじゃない？　石が欲しくなったらまた来るよ」

「君、天狗と私のやりとりを知っているのか？」

「だって、僕の役割はあんたをこの小屋に呼び寄せることだったんだもの。ああいうのってズルイよね。ご飯食べたら相手の言うことを聞かなくっちゃいけないんだよ」

「君は何を御馳走になったんだ？」

「素麺。蜜柑やサクランボが入っている可愛いやつで、するすると入っていったよ。あんたの味気なくって貧乏くさい飯と違って美味かったなあ」

しみじみと味を口内で再現しているような口ぶりで話し、わざとらしく涎を拭うような仕草を見せてくれた。

「そうだ。気が付いた？　でも悪いことばっかりじゃないよ。あんたが格闘していた葛を根も含めて、天狗が駆除してくれたよ」

うお太郎の言う通り、葛の蔓も葉も何もかもなくなっていた。小屋の横にあった曳いた葛の束もなくなっている。地面は柔らかい均された土に変わっていた。

これを一人でやるのは無理だったに違いない。天狗に感謝しつつ、昼前から、本格的に小屋の改修に取り組むことにした。

秋の日は短く、朝夕は冷える。冬が来る前になんとかある程度、小屋を改築して住めるようにしてしまわなくてはならない。

うお太郎は作業をじっと眺めながら、側にじっと立っている。

「なあ、うお太郎。君も見ているばっかりで退屈だろう。少しは手伝ったらどうだ?」

「そうなんだよなあ、すっごい退屈。寺は解体作業中で近寄れないし。何か変な薬品の匂いがしてさ、あれって何? ぜったい体に悪いよね。地面にまで染み込んでいてさあ、土の中で泳ぐ気もしないんだよ。寺にあった残った石も探せないし、やることないんだよね」

「だったら、私の手伝いでもすればいいじゃないか」

「えー。僕はあんたよりはるかにデリケートに出来ている生き物だから、無理だよ。あ、そうだ。町に行きたい! 明後日の午後からまた雨なんだってさ。そうなると大工仕事も出来ないし一緒に買い物にでも行こうよ。雨の日は割と調子いいんだよね」

「ダメだ」

「ケチ」

「ケチでいいよ。町に出たところで金もないし、全裸のお前となんて歩けると思うか?」

「馬鹿だなあ、僕がそんな無理を言うわけないじゃん。この小屋に服とかつらをしまってあるから、取って来るよ」

おい待てと言う間もなく、うお太郎は小屋の中に入り、数分後にかつらとワンピースを手に外に出て来た。

「これ着れば完璧でしょ？」

「着ても連れていく気はないよ」

「じゃあいいよ。僕一人で行くから」

そんなやりとりを小一時間ばかり行い、結局金もないし、町に行く交通費も惜しいので近場の図書館に行こうということになった。


「わあ、本がいっぱいだあ」

子供のように目を輝かせ、書架の前で小躍りせんばかりにうお太郎は喜んだ。

「でも、ちょっと空調が強いね。肌が乾きそうだから、いられるのはせいぜい二〜三時間くらいかなあ。あまり乾くと鱗が落ちちゃうんだ」

「静かに黙って本を読んでろよ」

「ねえ、借りたい本があるときはどうすればいいの？」

「貸出カードを持っていないから、どうにもこうにもないよ。ここで見るしか出来ない」

「分かった。でも楽しいねえ。背表紙を眺めるだけでもワクワクしちゃう」

「だから静かにしてろって」

女装した姿のうお太郎はかなり目立つ。過疎の進んだ町にある唯一の図書館。その場にいるのは、新聞を読んでいる老人と、仕事がないのか時間をただ潰しに来ているのか、本も手に取らずぼんやりと天井を見ている中年男性、あとは幼い子に絵本を読み聞かせている母親がいるだけだった。

若者や、見慣れない人間というだけで話題に上がってしまうような土地だ。新米の坊主と背の高いハスキーな声の女性の二人連れは、大層目立ってしまっているに違いない。実際、ここに立っているだけでも視線を感じる。チラッと盗み見る人と目が合うと、何故かこちらが悪いことをしているような、決まりの悪さを感じてしまう。

私は次回に予定されている、法話の原稿を黙読しながらペンで直しを入れる作業をすることにした。

うお太郎も図書館の中で無茶をやらかしたりはしないだろう。

机に向かい、読むときにつかえないように原稿に句読点を加え、子供には通じにくいと思う言葉は書き換えた。

しばらく体を動かす作業ばかりをしていたので、机仕事が新鮮に感じる。

小一時間ほどで、それなりに納得するものが出来た。

あとはこれを暗記して、当日子供たちの前で語ることが出来ればいいだろう。

ついでに次々回の原稿も作っておくかと、法話の種本とメモ用紙を染みだらけの中学生の頃から愛用している布鞄から取り出した。

この鞄は中学の時の家庭科の授業で作ったもので、今まで紐が切れたり、布がほつれて破れたりで、買い替えようと思ったことが何度もあるのだが、何故か捨てられずずっと使っている。

「あったあ!!」

大きな声に驚かされて、鞄とメモ帳を床に落としてしまった。

声の主はうお太郎だった。古びたテープで補修された本を手に両の手と肩を細かに震わせている。

他人の振りをしてその場を乗り切ってしまうことも考えたのだが、それはあんまりだなと思ったので、鞄とメモ帳を拾い上げてから、うお太郎に声をかけた。

「おい、どうした。周りの人が見てるだろ。急に大声なんて上げるなよ」

うお太郎の表情を見ると、あまり汗をかかない男なのに顔にはいくつもの玉のような汗が浮かんでいた。

「おい、どうしたんだ?」

うお太郎は本を手にまだ震え続けている。

司書や周りの人の視線に耐え切れなかったので、手を引いて外に出ることにした。

「ちょっと、外に出るなら本を棚に戻してください」

司書の人に注意され、うお太郎が片手に本を持ったままでいることに気づいた。

「おい、手を離せよ」

「嫌だ」

「なんだよそれ。これに何が載っていたんだ」

うお太郎は、自分の体に向けていた本をくるりと反転して、中身を見せてくれた。

古い本なのか黄色く日焼けしたページが今にも外れ落ちそうだった。

子供向けの本なのか、文面の殆どがひらがなだった。

「りょうき！　人魚ミイラのすがた！」という文字がおどろおどろしいフォントで書かれ、横に干からびた尾が魚で、顔は萎(しな)びた茄子のような人魚の木乃伊(ミイラ)の白黒写真が載っていた。

「これがどうしたんだ？　人魚の木乃伊ってあるけど、こういうのは作り物が多いんだ。例えば鮭の切り身に猿を継ぎ足したような奴」

「いや、これは本物だよ。だって、これ、僕の姐(ねえ)さんだもの」

「えっ」

それから司書の人たちに声を上げて騒がしくしたことを詫び、件(くだん)の人魚の木乃伊のページをコピーして持ち帰った。コピー費用に掛かった数十円の出費にさえ煩わしく思う我が身が呪わしい。

外は雨が上がっており、うお太郎はコピー紙を手に白いスカートをふわりふわりと翻し、時々うふっと笑いながら嬉しそうに歩いている。

服は夏服しか持っていないのか、肌寒くなりだした季節には不釣り合いな気もした。普段から全裸でいるせいだろうか、寒さは特に感じていないようだった。

「おい、うお太郎」

「女装している時くらいは別の名前で呼んで欲しいなあ。うお子とか」

「うお子って、うろこみたいな響きだな。じゃ、うお子、君が手にしているコピーだけど、どうしてそれが姐さんだってわかったんだ？　そもそも君は人魚だって言い張っているけど、考えてみりゃ尾がないじゃないか」

「尾はあるよ」

「じゃあ、君のスカートから覗いているそりゃなんだ、足じゃないか」

スカートが翻るたびに、ムダ毛一本もない白い足が見える。

「いやあん、そんなに見ないでよう」

馬鹿らしいやりとりのせいで、何だかこれ以上質問する気が失せた。

どうせ相手は真面目に答える気がないのだ。

秋空の下で、白いワンピース姿の人魚男と一緒に、山に向かい歩いて帰る。

自分の中で何が日常で何が非日常なのか分からなくなっている。

正気と狂気の境目などかなり曖昧なものなのかもしれない。

人魚の尾もそういうものなのかと言おうとしたが、何か自分の考えがひどく稚拙でバカげたもののように思えてきた。

人魚や天狗の出てくる山で暮らしているのだ。深く考えるだけ無駄なのだろう。

目玉の石

曇った硝子窓からは葉や実を付けた柿や、木通(あけび)の蔦が見える。

ずっと悩まされていた虫の勢いも止まり、やっと体を搔き毟らずに布団に横になれる季節になったのは良いのだが、薄暗い日のあまり差さない山小屋の中で寝泊まりしているせいか、やけに背中が痛い。

寺はもう半分が更地になってしまった。茶白い色の土がのっぺりと広がり、土砂も、割れた瓦やら折れた柱なんかと混ざって、全部持って行かれてしまった。

あの中には記憶石や、他にも用途の知れぬ奇石がきっと沢山混ざっていたに違いない。

瓦礫(がれき)はどうやって処理されるのかと、撤去作業に当たっていた人たちに聞いてみたところ、どこか遠いところに埋められるという返答だった。

石は割れたり罅(ひび)が入ると効果を失うとお太郎から聞いたので、おそらく運搬されたり埋められる間に出来る傷で、奇妙な効力を持った石は、ただの透き通った輝石に変化するだろう。

もしかしたら遠い未来に子供が水晶に似た石を土の中から掘り出し、日に透かして喜んだりするかも知れない。

そう。人魚に会う前までは、この山で石を見つけたり探しだすことは、たんなる美しいものを見つけ出すだけの遊びに過ぎなかったのだ。

子供の頃は、水晶狩りに来ていた大人たちの籠から零れた石を拾ったり、割った石から石榴のように紫水晶が顔を出すところを見るだけで心の底から喜べた。

天狗から聞いた祖父の話や歴代の住職が石を売っていた話が頭を過った。耳を開かなくても石を見つけられるのは分かったが、もう二度と試す気はない。

二十年以上信じて来た記憶や祖父への思いや寺、大事な思い出がどんどん疑わしくなってきている。

「どうも横になっていると、妙なことばかり考えて暗くなってしまうな」

起き上がって背筋を伸ばした。

肺にすっと入って来る空気が冷たく心地よい。

あとは冷たい水で顔でも洗えば気分もよくなるに違いない。

ここしばらくうお太郎の姿を見かけないが、山のどこかを歩きまわっているのだろうと思い、特に心配はしていない。

戸棚に残しておいた握り飯を木の机の上におき、水をコップに注いで飲んでから食べた。

この時期はあちこちの農家から稲刈りの手伝いを頼まれるので、米には困らない。ついでに味噌やら醤油やら漬物をくれる農家もいるので何とかしばらくは持ちそうだ。

「でも今日は手伝いの予定はなしか」

カレンダーには何も書き込まれていない。

だからと言って、急にやるべきことも思い浮かばない。

とりあえず外に出て落ち葉を掃き清めることにした。

木々の隙間から、雲一つない青く晴れた空を見ているうちに、ちょっと歩きたくなってきたので、山小屋を中心に散歩に出ることにした。

小屋の中には金目のものなど何一つないので、戸には鍵を付けていない。

殆ど歩く人のいない山道は荒れ放題で、木枠で作った階段も半分朽ちかけている。

「これを自分一人で修理するとなると、時間も費用も随分かかってしまうんだろうな」

指で木枠に触れるともろもろと大鋸屑のように容易く崩れた。

中には赤と黄色の混じったキノコが生えているものさえある。

ふと、見た目は毒々しいが食べられるだろうかと思い手を伸ばしかけたのだが、触るだけで手が爛れてしまうキノコがあると、以前徳じいから聞いたことがあるので、手をひっこめた。

「この山を、これからどう弄（いじ）っていくかな」

赤く色づいた葉を一枚地面から拾い上げ、手で弄（もてあそ）びながら歩いた。

散歩道があって、木の手作りのベンチを置く。標識があって山頂と山小屋の位置を示している。そうだ、木々を伐採してどこかにキャンプ場を作るのはどうだろう。

実現する見込みが殆どない、空想をあれやこれやと展開しながら山を歩くのは楽しい。

口笛を吹きながら上機嫌でそんな散歩を小一時間ほどしていた時、ガサリと、少し離れた場所にある落ち葉の山が動いた。

びくっと反射的に体が震え、思わず足を止めた。鴉や山鳥が遊んでいるだけなら構わないが、この山には猪（いのしし）が出ると聞いているし、それだけじゃなく殺人鬼や天狗だって出るのだ。

鎌か手斧（ておの）でも持ってくるべきだっただろうかと思いながら、耳を澄ます。

落ち葉の山は細かに揺れ動き続けている。

カサカサと音を立てて、落ち葉の山からにゅっと白い腕が姿を現した。

そして、少ししてからボサボサのかつらを付けた、うお太郎が姿を現した。

かなりはだけてはいるようだったが、珍しく服は着ていた。

どうやら女装した姿のまま、落ち葉の中で眠っていたらしい。

「うわっ！　ビックリした。なんだ、あんたか」

視線に気が付いたのか、うお太郎が驚いた様子でこちらに振り返った。

「ビックリはこちらの方だよ。何をしてたんだよ、こんなところで」

うお太郎は落ち葉の絡みついたボサボサのかつらを投げ捨てると、立ち上がって側まで来た。

「探してたんだよ、ずっと。あんたが人の来ない貧乏寺のことをぼけーっと考えてたり、能天気に農作業の手伝いをやっている間、ずっと僕は探し続けていたんだよ」

「何が何やら分からないから、順を追って説明してくれよ」

「これだよこれ」

うお太郎はよれて皺だらけになった、プリーツのスカートのポケットから一枚の紙を取り出した。

図書館で手に入れた、色あせた人魚の木乃伊の画像のコピー用紙だった。

「ああ、こないだ君と行った時に見つけた、人魚の木乃伊のページじゃないか。これがどうした？」

「もう！」

うお太郎が頭を抱えて呻きだした。

「もう、あんたは本当に察しが悪いなあ。あんたの前世はよほど頭の悪い生き物だったんだろうなあ」

「君は皮肉を最初に言わないと、喋れない性質なのか？」

妖からも人からも頭が悪いと言われている気がするが、自分はそんなにバカなのだろうか。

うお太郎は今度は舌打ちをし、こちらを睨みつけてきた。どうやら本当に機嫌が悪いらしい。

「僕はね、図書館であんな姿に変わり果てた姐さんを見てから、ずっと手がかりを町に出て探し続けていたんだよ」

「町に勝手に出ていたのか？」

「だから保護者面するのは止めてくれないかなあ。あんたは僕の親でも何でもないし、実際居なくなっても探しもしなかった癖に、こういう時には文句を言いたがるのは何故？」

「すまない」

「だから、そういう口だけの謝罪とかもいいから。頭の悪いあんたのために順を追って説明してんだから、今は黙って聞いていてよ。僕は図書館に通い続けたし、電車にも乗って町にも行った。でも、ここ最近秋なのに日差しがキツくて遠出が出来ないんだよ」

「なら、夜の間に歩いて行けばいいじゃないか」

「だーかーらー、黙って聞けって言ったろ。今夜出かけるつもりだったんだよ。落ち葉の中で体を休めながら、姐さんの姿と地図を見ていたんだ。そしたらあんたが能天気な顔でやって来たんだ」

うお太郎は白い皮膚が桃色になるほど、激昂(げっこう)していた。

落ち葉の山の中には、白い紙切れが何枚も混ざっているのが見えた。あの中で、色々と考えながら旅立ちの企画を考えていたのだろう。

「もう、喋っていいのか？」

「いいよ、言うべきことは全部あんたに言ったから」

「で、どこに今夜行くつもりだったんだ」

「ここだよ」

地図に赤い○が書き込まれてあり、丸の中心には右隆寺と書かれていた。

場所は宇治の中心部のほど近くで、駅からは歩いて十数分の距離のようだった。

学生時代、宇治には何度も赴いたことがあったけれど、寺院の名前に聞き覚えはない。

今まで行ったことのない寺だ。

「ここに君の姐さんの木乃伊があるんだな」

「そうだよ。普段は非公開らしいんだけどね。年に一度参拝者にうやうやしく見せているらしい」

「へえ、そうなんだ」

「で、次の公開時に君の姐さんを拝みに行くつもりなのか？」

「まさか。待てないよ。僕は連れて帰るつもりでいるんだ」

「でも、どうやって行くんだ？　宇治はこっから二十キロだから、まあ、そう遠くないと言えば遠くないけれど……電車で行くにしてもバスにしても君は変に目立つからなあ。一晩頑張って歩いて行くつもりか？」

「今夜、木津川まで歩いてそこから宇治川を泳いでいくつもりだよ。夜なら目立たないし、水の中の方が僕はずっと楽に進めるからね」

「へえ。流れは逆なのに大丈夫なのかい？」

「向かい風の中を歩く程度の苦労とさほど変わらないよ。それより姐さんは光が苦手だからさ、朝が来る前に着かなくっちゃ」

「そうか」

「もしかしたらもう今日であんたと会うのも最後かも知れないね。そう思うと、今のタイミングで会えて良かった」

「えっ？」

「姐さんに会ったら川を上って淡海に帰るよ」

「石の記憶のことはいいのか？」

「記憶は記憶だからね。今覚えていないなら思い出せなくてもいいかなって思うんだ」

「そうか」

記憶なんてそんなものかも知れない。誰も覚えていないことならば、それはなかったことになるのだろうか。

「最後に握手くらいしておく？」

「そうだな」

うお太郎の手はヒヤリと冷たく、がっしりと力強い握手だった。

「じゃあね」

唐突な別れだなと思いながら手をふり、落ち葉の山から立ち去った。

正直なところ寂しくもあったが、もともと一人でどうにかすると決めて来たのだから、元の状態に戻っただけとも言える。

「いや、一人じゃないか。徳じいもいるわけだし……」

山小屋に戻ると置手紙が扉のところに貼られていた。

「山門の場所まで来てください。午後四時ごろにまた来ます。徳治」と書いてあった。まだ正午を回った頃で、四時までにはかなり余裕があったが、やることが相変わらず思いつかなかったこともあり、山門に向かうことに決めた。

「おやまあ。今一度帰って、また夕方に来るつもりだったのに。ちょうど良い時に会えましたねえ」

山門には、徳じいと見知らぬ老人が立っていた。

「この人はマコさん。納屋を整理していたらねえ、薪ストーブが出て来たんですよ。ここの冬は冷えるのに、今坊ちゃんがいる小屋にはろくな暖房設備がないでしょう。電気も通じてないもんですから、丁度いいと思って譲って貰ったんですよ。それにしてもお寺が半分ぽっかりなくなってしまって寂しいもんです。色んな思い出がある場所が消えると悲しいもんですなあ」

山門から見えるかつて本堂があった部分を見て、しみじみと噛みしめるように徳じいが言った。

「薪ストーブは重たいからよう、ここまで車で運んで来てやったけど、こっからどうすんだ？　台車はあるか？　なかったら、借りてきてやんぞ」

「引っ越しの時に使った台車が残っている母屋の中にあるんで大丈夫です。しかし、本当にストーブなんていただいて良いんですか？」

「ああ、いいさ。使いにくいし。今は何でも電気で、薪なんて煙たいだけで、火を点けるだけでも面倒だからな。電気はいいよ、本当にピッでポチッてぜーんぶ済んじまうんだもの。それに変な話があんだよ。このストーブ。まさかとは思うけどな、化けもんに貰ったって謂われがあるんだよ。これな、実はアンティークでよう。大正の頃から家にあってな、火を点けると時々なんか妙なもんが見えるんだってよ。でもお坊さんはそういうのは怖いって思わねえよなあ？」

マコさんがタバコに火をつけてそう言った。

「はあ」

「なーんか寝ぼけた返事だな。寺が半分崩れちまったっていうけど、大丈夫なのか？」

「何とかやっていけてます」

「ま、やせ我慢や無理は止めておけ。こんな寂れた町に来てもさ、やることねえし、つまんねえだろ。この町はいわば死にかけよ。ああ、だからあんた来たのか？　町でも死んだら誰かが経をあげなきゃならねえもんなあ」

マコさんはそう言うとタバコを携帯灰皿で消してから、軽トラックのリヤゲートチェーンを外して、ストーブを包んでいた毛布を外した。

「おいあんたのもんになるんだから、手伝ってくれや」

側に突っ立っていたことを恥じ、慌てて荷台に飛び乗りストーブをマコさんと下ろした。かなり重いストーブで、下ろすと腰にずしんと衝撃が走った。

「まだ灰が中に残ってるからな。最初は煤（すす）や埃が酷いから外で薪を入れた方がいいかも知れんなあ。煙突の付け方は分かっか？」

「まあ、なんとかそれくらいは」

「火事を出さんように注意しろや。山が燃えると大変だかんな。電気がないところじゃ、薪ストーブは煮炊き出来るし、かなり便利っちゃ便利よ」

マコさんが軍手をはめた手でストーブの胴をコンコンと叩いた。

「もし大変なようでしたら、坊ちゃん。いつでもうちに来てくれて構いませんからね。これ、少ないですが煮しめとおこわと味噌をもって来ました。容器はいつでも構いませんからね」

「ありがとう」

二人を送り出し、残った母屋から台車を取り出してストーブを載せて運んだが、落ち葉で滑りやすく、木の根が張り巡らされた道を進むのは大変で、何度もストーブを台車から落としてしまった。

「まずこれからのことを考えて、道を整備することが最優先かな」

たった数十メートルの道を進むのに一時間近くかかった。

小屋の中に入り、固いベッドに体を横たえる。

「少し休憩してから、試し焚きをするか」

貰ったばかりの、おこわを寝そべったまま平らげ、水を飲んだ。

山の風が針葉樹の葉を揺らし、鴉がガアガアと鳴き声をあげている。

大陸から渡って来た鴉の巣が山にあり、産卵に備えて気が立っているのだ。

「冬が近いな。さ、薪を取って来てストーブに火を入れてみるか」

「懐かしいストーブだな、昔人にやった物だ」

天狗の声が背後から聞こえて来た。

「どれ、火を起こすのを手伝ってやろう。ワシが昔このストーブをやった奴には、この駄賃代わりに、時々話し相手になってくれと頼んだ。こう見えて、たまに人恋しくなることがあるんでな」

「そうなんですか」

「ほれ、もう点いた。どうだ早いだろう。火を点けることは得意でな」

「ありがとうございます」

天狗は手をストーブに翳したまま、こちらを一瞥だにしない。

「お前さんの人魚は間もなくここに戻って来るぞ」

こちらから見ると、赤い炎だけが両眼に映っている。

「まさか。まだ出て行ってから半日くらいしか経っていませんよ」

「ワシはな少しだけ未来が見えるんだ。実は片目が入れ目でな、おぬしの曾祖父に見つけて貰った石で出来ている」

しばらく炎を見つめ続けた後にふり返り、天狗はぐっと指で眼窩を押して、薄いプレート状の義眼を取り出して見せてくれた。

「この光彩が石でな、見事じゃろ。ここの明るいアーモンド色の光彩の表面に未来が映って見える。これを見るためにワシは目を抉ったんだ」

何が面白いのか全く分からなかったけれど、黒い髭を揺らして天狗は笑い、肘で私の体を小突いた。

「人魚が戻って来たら、未来を教えた駄賃に、人魚の血を吸った服を貰おう。人魚の血は乾くと柿渋に似た色になるんだ。人の血よりも人魚の血の方がずっといい色なんだ。その血染めの布を使ってワシは好みの色の鞄を作ろうと思ってるからな」

「血を飲むと不老不死になったりするんですか？」

「さあな。ワシは年をもともとあまり取らないから分からん。それに、化け物を食ったり飲んだり、随分したこともあったが、ありゃ、不味いばかりで何もワシの体に変化は無かったぞ。おぬしはあの人魚の血肉目当てで共にいるのか？」

「そんなこと今まで一度も考えたことはありませんよ」

「一度もないか。人と同じようにおぬしは人外の者と接したいのか？」

「友達といるのに、あれこれと理由なんて考えませんよ」

「人魚が友と本気で思っているのか、それは愉快だ」

ストーブの炎が強く燃え上がり、火の子がポッと散った。甲高く笑い声をあげながら天狗は消えた。

段々感覚が麻痺してきているのか、妖怪が出たり消えたりしても当たり前のことと受け入れてしまっていて、あまり驚かなくなっている。

ストーブの薪がゴトリと中で崩れ落ちる音がし、体がびくっと反応して震えた。

そろそろいったん火を消そうかと思い、防火用バケツに手を伸ばすと、遠くから、うめき声が聞こえてきた。

振り返ると、血まみれの姿で、うお太郎が木に凭れ掛かって立っていた。

「火に当たらせてくれ。体が寒くって仕方ないんだ。このまま死ぬのかな……」

唇は真紫色で目の下のクマが濃い。

声をかけようとしたが、そのまま俯せにうお太郎は倒れてしまった。

駆け寄って手に触れると氷のように体は冷え切っている。体は小刻みに震え、爪も唇も白く、生気が殆ど感じられない。人と体のつくりがどれくらい異なるのかは分からないが試しに脈を取ってみた。

だが、鼓動らしいものはうお太郎のか細い腕からは何も感じられなかった。

「参ったな」

血の匂いが辺りに強く立ち込めている。

服は水に浸かっていたようで、ぐっしょりと全身に張り付き、あちこちに血染めの染みが浮かんでいる。

傷の状態を確かめたかったことと、先ほどの天狗の約束が頭をよぎったこともあり、とりあえずうお太郎の服を脱がすことにした。

深い緑色のスカートは脱がすのになぜか抵抗を感じてしまったので、薄い紅茶色のシャツと群青色のカーディガンだけを脱がした。

上半身のあちこちに丸釘を打ち込まれたような傷痕があった。そこからじくじくと、赤黒い血が滲むように湧き出している。腕の傷が一番深く、白い骨が覗いていた。

「これは酷い」

「おーい天狗！　約束の人魚の血染めの服だ！　手負いのこいつを助けてくれ、おーい天狗!!」

防火用に汲んでおいた水の入ったバケツで、濡らした手ぬぐいで傷口を押さえながら、天狗を呼んだ。

「うお太郎を助けてくれ。頼む。おーい！　天狗！　頼む！　助けてくれ」

がっと肩を急に摑まれて、強い力で後ろに引き寄せられた。

「呼ばれなくったって助けるつもりだよ。未来が見えると言ったろうが」

ミミズがのたくったような読めない文字の書かれた札と、赤い軟膏の載った貝殻を片手に載せた天狗がいた。

「そんな顔をするでない。ほら、ここに傷を癒す軟膏もある。それとこれは火伏のお守りだ。ストーブの近くに必ず貼っとくんだ。火は思わぬ禍を呼ぶことがあるからな」

「もう、どうすればいいのか分からなくって。こんなに体が冷たくなっているんです。早くこいつを助けて下さい。お願いします」

「だからおぬしから礼は必ず貰うつもりだし、要求もするから詫びたりするな。ああ、こりゃ酷いな。この傷は犬だな。よほど手酷く噛まれたか」

「犬なんですか、この傷？」

「ああ。この丸いのは犬の牙で穿った穴だ。膿むことが多いから大変だぞ」

「なんで犬に噛まれたんだろう……」

「目を覚ましたら本人に聞いとくれ。傷を洗って、軟膏を塗ったら毛布に包んで部屋に寝かしておいてやろう。夜は少しばかり苦しむかも知れんがな。さて、これが終わったら、この礼を貰う。覚悟はいいか？」

「大丈夫です」

天狗に無理やり何かをやらされるのは嫌だが、手際よくうお太郎を介抱してくれて、助かったのは事実だ。

やり方は強引で気に入らない点は確かにあるが、天狗の相利共生的な考え方はそう受け入れ難いものではなかった。

「ではそうだな、何か歌を唄ってはくれないか？」

「えっ？　私はてっきり石を探すことを命じられるとばかり思っていました」

「今は特に欲しい石はない。勿論、この先欲しいものがあればおぬしに頼むことになるとは思うがな。さあ、唄え」

歌はあまり好きでない。あまり声がよくないせいと、音痴なことと、過去の音楽の授業でずいぶん先生に虐(いじ)められた経験があるからだった。

でも唄いたくないと言ったら酷い目にあうし、少しならいいだろうと、よくラジオで耳にする歌を唄った。

かなり適当で、サビの部分で声が裏返ってしまったが、天狗は満足げに聞いてくれた。

「いやあ、久々に酷い歌を聞いて面白かった。

お前さんの祖父は経を上げるのも、耳に心地のよい歌のようだった。普段の声はお前さんは祖父に似ているが、歌の才は全く伝わらなかったようだな。あれの歌は本当に美しかった。お前さんの祖父もな、石を探すのを嫌がったことがあって、脅しても腕を折っても首を軽く絞めても嫌がるもんだから、こっちも少し折れてな、なら他にワシが満足するようなものを差し出せと言ったら、お前さんの祖父は半笑いで歌を唄い始めた。まあ、痛めつけることをしてしまったせいか、今覚えば少々おかしくなっていたのかも知れん。

でも、あの歌は良かった。月明かりの下でずっと聞いていたくなる歌だった。お前さんの声に期待していたんだが、いやあ、見事に裏切られてしもうたわい」

「すみません」

天狗の目じりに涙が光っていることに気が付いたこともあり、つい謝ってしまった。

それにしても、祖父がそこまでされても石を探すことを拒んだ理由は何だったのだろうか。

自分は同じような目にあっても、歌声で相手の要望を撤回することは出来ないし、そもそもそこまで苦痛に耐えられるかどうかも分からない。

「さっきのは軟膏の代金だ。火伏の代金は、一時ワシとの縁を切らさぬことだ。石を使おうが、遠くに行こうが、どうやっても切れない縁をしばらくの間繋ぐがいいか？」

「ダメって言っても、拒否権なんてどうせないんでしょう？」

天狗の望みを断れば、祖父にしたのと同じような酷いことをされるに違いない。

「それはどうかな、試してみるか？」

首を何度か強く横に振った。自分は苦痛に耐えるほどの意志も強さもまだ、身につけていない。

天狗は大きな腹を擦りながら笑い、耳元で引き換えの願いを囁いた。

「人魚の姐探しを手伝うんだ」

「それだけでいいんですか？　本当に石を探さなくっていいんですか？」

「だから、今欲しい石はないと言っただろう」

「でも、どうしてです？　あなたに関係のある人、いや、人魚だったのですか？」

「いや、知らんよ。ただ、面白そうだと思ったからな。人魚の姐探しを手伝う間、おぬしの目を貰おう」

天狗の太い指が目に入り、ぬるっと何か生暖かいものが中に入った。

「心配しないでいい。目を抉ったわけではない。おぬしの目に石を溶かしただけだ。しばし、ワシのこの目は未来を映さなくなる。木乃伊を見つけるまでの間、おぬしの目で見るものは、ワシが見ているものでもある。さあ、これでお互い貸し借りはすっかりなくなったな。人魚は明日には目覚めるはずだ。ワシを沢山楽しませておくれ」

天狗はくるりと踵を返すと、ゆっくりと地面の落ち葉を踏みしめて、足音をさせながら山を下りていった。

左の目を押さえると、目の中に違和感があって気持ちが悪い。

小屋の中に入り、手洗いのところにある鏡を見たら少し充血しているだけで、目にはこれといった変化は見られなかった。

ベッドの上では毛布に包まったうお太郎が眠っている。

私は小屋の扉に寄り掛かったまま、目の違和感のせいでそのまま眠れず朝を迎えた。

「水がほしい」

　うお太郎が毛布をかぶったままそう言ったので、左の目を押さえ、背中で小屋の戸を押し開けて外に出た。

　小川から手桶で水を掬い小屋に戻ると、体に毛布を巻き付けた姿のうお太郎が、椅子に座って新聞を読んでいた。

「ここって古新聞しかないの？　今日の日付の新聞は？」

「あるわけないだろう。新聞を取る余裕なんてないし、第一ここまで配達してくれるかどうかも怪しいよ。ここには番地もないし、山の中の小さなほったて小屋だからね。ところでどうして新聞なんて欲しがるんだ？」

「そりゃ、僕が載っているかどうか確かめるためだよ」

「何かしでかしたのか？」

「ねえ、それより先にかける言葉はないの？　大丈夫か？　とかさあ。あんた情がないってよく言われない？　それとも段々あんたの兄貴に似て来たわけ？」

「ごめん悪かった。もう、傷は痛まないのか？」

「おかげさまで」

　うお太郎はぴろっと毛布を捲り、傷痕を見せてくれた。血は止まり薄い膜が張っている。

天狗の軟膏はよほど優秀らしい。

片目が疼くように、鈍く痛んだ。そうだ、今のこのやりとりも天狗は私の目を通じてみているのだ。

「突っ立ってないで、あんたも座りなよ」

「ああ」

「どうしたの？　片目を押さえて」

「天狗にやられた。私の目を通じて、君を見たいらしい」

「また厄介ごとに巻き込まれたんだね。理由は聞かないでおくよ。天狗が絡むことは下手に聞かない方がいいんだって昔っから決まり切っているからね」

「決まり切っているのか？」

「そりゃそうさ。あんたの爺さんが、天狗にやられたって満身創痍で山から転がり落ちて来たことがあるもの。でも、理由は決して喋らなかったんだよ。きっと、喋ったらもっと酷い目にあったからだろうね」

「そうか」

「しばらく服を着てたから肩が凝っちゃったよ。お茶、淹れてくれない？　水よりやっぱり温かい飲み物がいいや」

「ああ」

ストーブの上に薬缶を置いて、湯を沸かし、茶を淹れた。

熊笹茶は湯呑に注ぐと、微かに甘い香りを含んだ湯気をあげた。

うお太郎は、湯呑をさも大切な宝物でも扱うように、両手で包み込むように持ち、一口ずずっとすすり上げて飲んだ。

「冷たい川を泳いでいる間中、ずっとお茶が一口飲みたいって思ってたんだ。暗い水の中でね、傷が染みるたびに、そんなことばかり頭に浮かんだんだよ」

「もう一杯淹れようか？」

「いや、いい。ゆっくり飲みたいんだ」

うお太郎はもう一度茶を啜ると、天井を仰いだ。

「宇治まで泳いでいくってところまでは、全て計画通りでうまく行ってたんだ。川から上がってね、着替えを持って来るべきだったたって気が付いてさ、まあでも忍び込むんだからいいやって思って、駅近くの地図看板から寺を探したよ。夜は人通りがなくって、川の流れる音くらいしか聞こえないんだ。ざーざーって。

焦ってたせいか、なかなか地図の中から姐さんの木乃伊のいる寺の名前が見つからなくって。で、やっと見つけたと思ったら変な場所にあってさあ。随分迷っちゃったよ。

探す間、何名か人に会ったけど、みんな酔って川に落ちた変な奴と思ったのか、誰も話しかけてこなくって、まるで幽霊みたいな扱いを受けたよ。細くて暗い似たような路地があちこちにあって、でも迷っていても人には聞けないし、話しかけようとしても、人は逃げちゃうし参ったなあと思ってたら、ものっ凄い悪趣味な看板が目に入ったんだよ。ダッサイ、文字でさ『TV放映されたあの！ 幻の人魚の木乃伊のいる寺!!!』って引き伸ばされた姐さんの写真の横に書かれていた。その看板を見つけてからは、あちこちに標識があって寺に辿り着くことが出来たよ。途中、夜でも干しっぱなしの僕に合う服があったから着てみたんだ。少しでも目立たない様にしたかったからね」

「君、服を盗んだのか？」

「続きを聞いてよ。

ま、そこまでは順調だったんだ。

塀は低かったから、難なく乗り越えることが出来てさ。暗い渡り廊下を歩いて『人魚の木乃伊』はこちらってシールが貼ってあったから、それにそって歩いて行ったんだけど、肝心の展示場所にたどり着く前にアラームが発動しちゃって。ビービー鳴るもんで焦って早くしなきゃと思ったら犬を放されて……もう酷いもんだろう。ありゃ絶対噛むように躾（しつけ）られた犬だよ。大きな犬で、小さな山くらいあった。ガブガブところ構わず噛むんだもの、地面に潜ってなんとか難を逃れたけど、傷が痛くて痛くて、血が止まらなくってね、このまま土に混ざって死ぬかと思った。

でも、水の匂いを頼りに川まで行って、泳いで必死でここまで戻って来たよ」

「結構川からここは離れているのに、よくあの傷で戻って来れたな」

「必死だったからね。よく覚えていないんだ、色々と……。本当にここでお茶を飲んでいることが、嘘みたいだ。途中、何度も意識を失って溺(おぼ)れかけたよ」

「山道はどうしたんだ？」

「天狗が運んでくれた。その代わり石を幾つかやることになったよ」

「え？」

「寺が壊される前に、幾つか気になる石を運んで別の場所に隠しておいたんだよ。でも、僕だとどの石がどんな効果があるのか分からないし、本当にただ運んでそこに置いてあるだけだったんだけれど、その中の何か幾つか欲しいって言われて天狗に取られちゃったよ」

うお太郎から、天狗は望む石を手に入れていたからこそ、私には石は要らないと言ったのだろうか。

「どれくらいの量の石を隠しているんだ？」

「山の木の洞(うろ)の中に幾つか。適当に手づかみで持ってきた分だけだから、そんなに多くはないよ」

「そうか」

「折角遠くまで泳いで行ったのに、全く無駄足になるとは思わなかった。姐さんの姿すらまだ見れてないなんて、僕もあんたに負けないくらいマヌケなのかな」

うお太郎が寂しそうな笑みを浮かべた。

「ああ、そのことなんだけどな。良かったら姐さん探しを、私が手伝ってもいいか？」

「へえ案外優しいんだね。あんたのことちょっと見直した」

自分の意志で手伝おうと思ったのではなく、天狗に勧められたのが理由の発端だったので、決まりが悪い。

「いきなり行っても、姐さんは取り返せないってことが分かった。まずは計画を立てないとね」

「そうだな」

カレンダーを見ると、明日と、明々後日(しあさって)に刈り入れの手伝いが入っているだけで、それ以外は月末に一件公民館での法話しか予定がない。

つまり、暇なのだ。

「で、姐さん探しの計画についてだけれど、私は何から手伝えばいいのかな?」

「まず、僕の服をどうにかしてよ。全裸やボロボロの血まみれの服じゃ寺に近づけないし、外も歩けないよ」

「そうだな。私の着古したのだったらあるけれど、どうだ? 作務衣ならさほどサイズは関係ないだろう」

「他にないの? 家族との感動の再会なのにあんたのお古は嫌だもの。もっと気が利いた服を持ってきて欲しいんだけど」

「無茶言うなよ、そんな金ないよ。冬物すら満足に買えないし、私が着ているものも、殆どが祖父が残したのを直して着てるんだから」

うお太郎はさも不満だという表情を浮かべ、頰杖をついた。これが子供や少女であれば多少は愛らしいと思うのかも知れないが、ぬるりとした顔の色の白い男ではそうは感じることが出来ない。

「じゃあ、どういう服がいいんだ? 刈り入れの時に聞いてみるよ。もしかしたらどこかの家で簞笥(たんす)の肥(こや)しになっているいい服があるかも知れない」

「なんだ結局お古じゃん」

「盗むよりいいだろう」

椅子から立ち上がるうお太郎が纏っていた毛布がはらりと床に落ちた。

ガッツリ体についていた傷痕はもう目立たなくなっている。目でそれと知っている場所を探してよく見ると、指で強く押さえた痕程にしか、残っていない。

「なにさ、僕の体をじろじろ見て」

「いや、傷が消えてるなって……」

「ああ、これ？　人魚は傷の治りが早いんだよ。過去の傷も火傷も残ってないしね」

そういえば、生きながらにして火を点けられたという話を以前聞いた。でも、それらしき痕は見当たらない。

「うお太郎、以前火を点けられたっていったが、何故、過去にそんなことをされたんだ？　君が人魚だからなのか？」

「それがよく覚えていないんだよ。記憶はたぶん石の中に入っているんだと思う。考えてみれば、むちゃくちゃ理不尽だよね。傷や火傷の痛みや辛さや、痛めつけられた恐怖みたいなものは断片的に残っているってのに、誰になんでやられたのかはサッパリ覚えてないなんてさあ」

「そうだな」

「でもね、かなり吹っ切れたよ。一時期意地になってさ、記憶石を探してたけれど、他人憶の断片的な嫌な記憶ばかりだし。あんたもやってみなよ。他人の忘れたいと思っていた記憶の断片を延々と見るって作業をさ、修行なんかよりためになるんじゃない？　かなり辛いし、胃に来るよ。何度かムカついて吐いたし、それだけじゃなくって夢見もむちゃくちゃ悪くなるよ」

「覚えていないなら別に思い出したいと思わないよ。忘れていることは忘れたままでいい」

「じゃ、僕とのことも忘れたらそれまでってことだよね」

「ああ、そうかも知れない」

そもそも記憶とは何なのだろう。寺にあった思い出が、山崩れが起こってから急速に色褪せて感じる。

そこにあった事実は変わらないのに、何故思い返すたびに違うもののように感じられることがあるのだろう。自分には世の中は分からないことだらけだ。

「どうしたの？　ぼんやりして」

「何でもない」

「怪我は三日寝てれば治ると思うから。あんたは手伝い先の農家から洒落た服と、滋養によさそうな食べ物を沢山貰って来てよ。あ、ついでにチョコレートが食べたいから、あれば必ず持って帰って来てね。ナッツが入ったのがあれば最高なんだけれどさ、起きてからまだ一回しか食べてないんだよ」

「その一回はどこで手に入れたんだ？　私はチョコレートなんてこの寺に来てから一度も買ったり貰った覚えはないぞ」

「解体作業していた人が食べていたから、ちょうだいってお願いして貰ったよ。あんまり美味い、美味いって言い過ぎたからか、袋ごとくれた」

「女装して人前に出たのか？」

「そうだよ。誰？　って聞かれたから、ここに住んでいたモノですって応えた。別にまずいことも、嘘も言っていないし、問題ないでしょ。あの服もっと大切にとっておけばよかった。

　ちゃんとした外出着がないって不便だよね」

「服やチョコレートは約束できないが、あれば貰って来るよ。で、君の姐さんを取り返す計画は思いついたのかい？　手伝ってやると言ったが、私は犬に追われるのも嚙まれるのも真っ平ごめんなんだから、ちゃんと考えてくれよ」

「寺に姐さんは祀(まつ)られてるんだから、同じ坊主だってことで訪問出来ないかな？　旅の僧侶です。困っているので泊めて下さいって言って、寝静まった頃を見計らって姐さんを盗んで逃げる」

「無理があるな。突然面識もない、宗派も違う僧侶が来て泊めて欲しいっていうのは不自然だし、そもそも木乃伊を抱えて逃げる間に、犬にガブリとやられるのが落ちだよ」

「そうかなあ。割と上手くいくと思うよ」

「犬が少々苦手なんだ。嚙まれるリスクのない案を頼むよ」

それから明け方まであれやこれやと、うお太郎の姐の木乃伊の救出作戦について話し合った。

時々、鈍く左目が痛んだり、熱を持っているように感じるたびに天狗に見られていることを意識してしまい、四六時中プライベートなしで、監視されているという不快さを感じて嫌な気持ちになってしまった。

その日は寝不足のまま稲刈りの手伝いに行ったせいで、散々な目にあってしまった。手を鎌で切ってしまったり、稲わらを倒してしまったり、手伝いどころか完全な足手まといだった。

それでも優しい里の人たちは、慣れない農作業だから仕方ないと慰めの言葉をかけてくれて、作業が終わった後に家での夕食にまで招いてくれた。

ついでに、うお太郎のことがあったので、図々しいお願いだとは思ったが、家に持ち帰る食べ物が欲しいと伝えた。

食事の後、洗い物を手伝っていると窓の外に朽ちかけたマネキンが塀に凭れ掛かっているのが見えた。マネキンは白いブラウスと、赤いスカートを穿いている。うお太郎にサイズは合うだろうか。

「すみません、あのマネキンって、要らないものですか？」

「え？ ああ、マネキンね。ありゃ案山子代わりに畑の中に立てていたんだけど、効果があったのは最初だけでねえ、今はほとんど役に立ってねえんだ。鳥はねえ、人間が思っているよりずっと賢いんだ。マネキンは刈り入れや田植えの時は邪魔だからね、ああやって適当な場所に置いてるんだよ。要るならやってもいいけど、和尚さんも畑か田んぼをやるつもりですかい？」

「ちょっとね」

曖昧な返事をする自分を奇妙な顔で見られてしまったが、その後、何とかマネキンを服ごと手に入れることが出来た。

片腕でマネキンを担ぎ、もう片方の手にはおにぎりのぎっしりと詰まった弁当箱を持ち、帰り道を歩く。

刈り入れの時期は大抵同じなので、今夜は外に出ている人が多い。稲刈りの後の飲み会に向っている最中か、その帰りなのだろう。私の姿を見て、ぎょっとする人もいたが、何も言わず通り過ぎていった。多分酔っていると思ったのだろう。それか、私はまだこの里の中では余所者に過ぎないので、あまり関わりたくないと思われただけかも知れない。

「ほら、大変だったが服を貰って来てやったぞ。マネキンのおまけつきだ」

「ナッツ入りのチョコは？」

「そんなのなかったよ。でも、弁当を貰って来てやったから食べろよ。ストーブで炙れば焼きおにぎりになるぞ」

「えー、頭ん中チョコでいっぱいになってたのにさあ」

「知らないよ」

片目が熱い。天狗の石はいつになったら意識しないでいられるようになるのだろう。

「ま、いいや。服はダサめだけれど、サイズは合ってるね。スカート丈がやや短いけど、いっか」

「女の服は正直よく分からないんだ」

「これ、新米？　おいしいね」

「いや、去年刈った米だよ。収穫した分はまだ精米してない」

「ふうん、そっか。でさ、姐さんを助ける計画だけど、天才的で完璧なの思いついたから聞いてよ」

「完璧な計画を思いつける奴がなんで、あんな怪我を負うんだよ」

「あれは調査不足だったね。それは認める。でも、もう寺の大まかな場所と中の地図は頭に入ったし、次は完璧なのは間違いないよ。絶対これは成功する計画だって保証する」

片目からじわりと伝わる熱がやたら気になった。

翌朝、うお太郎と共に山を下り、始発で電車に乗って宇治に向かった。

計画は昼過ぎに決行の予定だったのだが、あまり里の人にうお太郎と一緒に歩いているところを見られたくなかったので、早めに出発することにしたのだ。

「電車っていいね」

電車の窓の外の景色を、うお太郎が緊張気味に見ている。この辺りは人家も少なく、山間を通るので窓の外に見えるのは闇ばかりだ。

「今までに電車に乗ったことはあるのか？」

「うんっと小さい頃に一人でね。どこか遠くに行ったら何かあるかなと思ったけれど途中で怖くなってね、結局引き返してきちゃったよ」

「電車賃はどうしたんだ？」

「寺にあったお金を少し貰った。記憶石を探してあちこちをほじくり返していたら、小銭を見つけることが結構あってね」

「幾ら位見つけたんだ？」

「内緒」

車窓の景色が濃い闇からうす淡い紺色へと変化を見せ始めた。

ぽつぽつと、街灯のオレンジの光も道沿いに見える。

「いてっ」

目の鋭い痛みで起きてしまった。うお太郎はまだ眠っていた。

電車は小刻みな揺れを続けている、中のヒーターから出る温風のせいもあっていつの間にか眠ってしまっていたようだった。

駅名のアナウンスを聞く。目的の宇治まではまだ遠い。

天狗が壊れたテレビを叩くように眼球を突く様子が頭に浮かんだ。早く木乃伊となった、うお太郎の姐を回収してしまわなくては。

うお太郎を起こす気にもならず、だからと言って再び寝ることも出来そうになかったので、昨日聞いた計画を再度頭の中で反芻しながら駅までの時間をつぶすことに決めた。

計画というのは、大学生で民俗学のフィールドワークをしているという触れ込みで私が寺に上がり込み、隙を見て発煙筒を投げ込み、火事だと騒いで、他の人と共に逃げ、その隙にうお太郎が木乃伊を盗み出して、宇治川を泳いで逃げるというものだった。

発煙筒は解体業者の人が置いて忘れていったのか、崩れた寺の跡地にあったものを拾って来て入手したらしい。

「うまくいくかな」

二両編成の電車の中、乗客はうお太郎と私だけだ。

妙に気持ちが落ち着いているのは、目に石を入れられてから、この鬱陶しさから解放されれば他のことはどうでもいいと思っているからか。それとも捨て鉢になっているからだろうか。

「自分の気持ちでさえよく分からないんだから、他人なんてもっと分からないよな」

祖父のことを考えるたびに分からないことにぶち当たってしまう。

でもそれは、思い出せない石に封じられた記憶同様に、触れないようにして忘れてしまうのが一番いいのかも知れない。

思い出の中の祖父のイメージのまま取っておきたいという気持ちが強いのは、他人から聞く祖父の話に薄暗くて何かどろどろした背景を感じ取ってしまうからだろうか。


「ん？　もう着いたの？」

うお太郎が目を覚ました。

「まだだよ、目的地まであと三駅ほど先だ」

「そっか。僕、寝ちゃってたんだね。夢を見ていたよ。小さい頃の夢でね、お菓子を拵えて貰ったり庭の花を摘んで蜜を吸わせて貰ったり、そういう優しい思い出」

「そうか」

「どうしたの？　何か難しい顔しちゃってさ」

「いや、別に何もないよ」

実は、山の小屋にいた時、同じ内容の子供の頃の夢を見たことがあった。これはただの偶然なのだろうか。

駅に降り立つ。薄い霧が漂い冷えた空気が耳や手足を痺れさせた。

朝早いこともあり、開いている店もない。少し勿体ない気もしたが、自動販売機で飲み物を買って両手で包み込むように持ちながら、ベンチに座って時間をつぶすことにした。

「ほら、君の分も買ってやったぞ。コーヒーで良かったか？　大切に飲めよ」

「コーヒーはあまり好きじゃないんだ。どうせなら炭酸飲料が良かったのに。悪いけど、あんたが二本飲みなよ」

先にうお太郎の好みを聞かなかったことを後悔しながら、プルタブを引きコーヒーを一口啜った。

口の中に甘苦い味が広がる。

それから殆ど言葉を交わさずに、駅に行き来する電車を眺めながら二人で昼近くまで、ベンチに座っていた。

「そろそろ行こうか」

「うん」

うお太郎は、一度も迷わず件の寺までたどり着くことが出来た。

正直言うと、姐の木乃伊の奪還に成功するとは思っていなかった。

どうせ失敗して、今度はどうするかと相談しあってまた宇治に通う日が来るに違いない。

そんな風に思っていたのだ。

山門の少し手前でうお太郎と別れた。

やや緊張した気持ちで、山門の横にあるインターホンを押した。

ピンポーンという音から返事があるまで数十秒の間、物凄く一番ドキドキした。

「はい」

予想していたのとは違い、若い女性の声だった。

「すみません。あのうK大学で民俗学を専攻している者なんですが、御寺に人魚の木乃伊が祀られているということを知りまして、もし可能でしたら特別に近くで見せていただくことは出来ますでしょうか？」

自分でも声が上ずっているのが分かった。

「ええー、事前にお電話とかしてくれましたかあ？」

「いえ、すみません。事前に電話はしていないんですよ」

「じゃあダメですよ。今日ねえ、近くで法事がありまして、留守番の私しかいないんですよ」

インターホン越しに、答えられてしまった。

断られてしまっては仕方がない。二の手は考えていない。やはりダメだったと帰るしかないだろう。

発煙筒の入った足元の鞄を持って帰ろうと思ったとき、中から一人の少女が出て来た。

「すみません。私一人で、何も分からなくって」

女性の年齢は全く分からず、推測できないのだが化粧っけがあまりないので、高校生くらいだろうか？

「でも、遠くから来られたんですよね」

「え、あ。まあ」

「じゃあ、少し見るだけならいいですよ。中入って下さい。でも、今度来られるときは事前に電話をしてくださいね」

手を両手でつかまれて、中に引っ張り込まれてしまった。

ワンワンと繋がれた犬がけたたましく吠えている。

「こら、ペス。お客さんなんだから静かにして！」

うお太郎を噛んだ犬に違いない。茶毛に白い斑点模様の中型犬だ。

「ペスはねえ、私が子犬の時に拾って来たの。とってもお利巧さんでね、泥棒を追い払ってくれたこともあるんですよ」

「そうなんだ」

多分、うお太郎のことを言っているのだろう。寺を訪問した理由が本尊として安置されている人魚の奪還だと知ったら、この少女はどうするだろう。やはりペスを私に向けて嗾（けしか）けるだろうか。

「君はこのお寺の子供さんなのかな？」

「ええ、お父さんがこの寺の住職なんです。お父さんは犬嫌いだったんだけれどね、泥棒を追い払ってからペスは雑種だけどピットブルっていう闘犬用の犬に顔が似ているから強いんだって言って、急にかわいがるようになったんですよ。どう、おかしいでしょう？」

クスクスと笑う少女に、付き合い程度に笑みを浮かべた。

あの犬に嚙まれたらさぞや痛いに違いない。

本堂に上がると、赤い座布団の上に硝子ケースが鎮座しており、その中に木乃伊の人魚が収まっていた。

大きさは思ったより小さく、体を屈めた姿で全長五十センチほどしかなかった。

白く濁った眼は硝子の入れ目のようだった。下半身は魚で、乾いた鱗がところどころ剝げている。

頭髪は黒く長く、口は閉じている。目鼻立ちはうお太郎に似ているような気もしたが、乾燥した木乃伊という姿もあってよく分からない。

「やっぱり、研究で見に来られただけあって、お好きなんですね。凄い真剣な目つきになっている」

「すみません」

「悪いことしてないのに急に謝るのって変ですよ。お茶淹れてくるからここで待ってて下さい」

パタパタと軽い足音を立てて去っていき、人魚の木乃伊の前に一人残された。

参拝客の姿も他にはなく辺りは静まり返っている。

発煙筒を鞄から取り出したが、火を点けることは躊躇われた。

そもそも火事になってしまったら一大事だからだ。

「おい！　うお太郎！」

呼びかけると、庭の松の木の後ろからうお太郎が出て来た。

「しー！　静かにしてよ。気が付かれるだろ。犬を放されたらどうするんだよ。早く姐さんの入ったケースをこっちに渡してよ！」

「分かった」

少女がいつ茶托を持って戻って来るのか分からないこともあり、大慌てで硝子ケースを手に取った。

最初に持った時に感じたのは、予想以上の重さだった。ずしりと大きな石でも詰め込まれているような重量感に、思わずよろめいてしまった。

そして足を滑らしてしまい、あっという間もなく、ケースは私の手を離れて縁側に叩きつけられた。

大きな音を立てて、ケースの硝子が割れて破片が飛び散った。

「どうしたんですか⁉」

少女がこちらに向かって駆け寄って来るのが足音で分かった。

まずい、どうすればいいのか分からない。

「姐さん!!」

うお太郎が信じられない速さで駆け寄り、硝子の破片も厭わずに木乃伊を抱え込むのが見えた。

そして、木乃伊を抱えたまま庭の土の中に飛び込んで消えた。

土の上にはうお太郎が着ていた白いブラウスと赤いスカートが、抜け殻のように浮かんでいる。

「ねえ、何で、えっ？　何があったんですか？」

駆け付けた少女が顔面蒼白で私を掴んで縋(すが)り付いて来た。

「ああ、人魚様のケースが割れてる!!!」

何と答えていいか分からず、私を掴んでいた少女を振り払うと靴も履かずにそのまま走って逃げた。

駅には、警察とパトカーの姿が見えた。彼女が通報したのだろう。

靴を履いていないで出歩いている男の姿は目立ってしまう。

「困ったな、どうしよう」

考えても良い策が浮かんでこない。

「おーい、うお太郎。おーい、地面の中にいるのかあ?」

うお太郎に呼びかけても返事はない。

仕方がないので、人目につかないように細い道を選んで歩いた。

靴下越しに感じるアスファルトの道は冷たく、固い。

出鱈目(でたらめ)に道を歩くうちに舗装されていない道に当たり、どこに続くのだろうと更に歩いて行くと、山の斜面にぶち当たった。

山菜採りの季節でもないので、今頃山に来る人はいないだろう。小一時間ほど登ってから腰を下ろした。

喉が渇いていたので朝、うお太郎が飲まなかった分の缶コーヒーが上着のポケットに入っていることを思い出し、取り出して飲んだ。

朝飲んだのとは違い、すっかり冷たくなってしまっていたが、糖分が体の隅々まで行き渡るような味がした。

「参ったな。やっぱり天狗のことがあるとはいえ、安請け合いだったか」

山の斜面からは宇治川と遠くに天ケ瀬ダムが見える。

あの寺の女性は今頃、住職である父に怒られて泣いているだろうか。

人の親切心で寺に入れて貰った経緯を思い出し、罪悪感が胸を刺す。

日が暮れるまで山で時間を潰し、来た時と同じように人気（ひとけ）のない道を選んで歩いていたら、警察官の制服がちらりと見えたので立ち止まった。

警察官を見かけただけなのに、心臓が破けそうなほど早く強く脈打っている。

暗闇の中、その場で鼓動が収まるまで立ち止まっていると、犬を連れた禿頭（とくとう）の大きな男が歩いて近づいてくるのが分かった。

ペスだ。気が付いたとたん、走って逃げた。

無我夢中で走り、運よく撒けたのか、それとも相手が諦めただけなのか、誰も追ってきていないことを確認しその場に座りこんだ。

「しばらく宇治には来られそうにないな」

自分がとんでもない世紀の大悪党になってしまったような心地がした。

「うお太郎、うお太郎、おい、どこにいるんだよ」

何度も呼びかけてみたが、相変わらず返答もなく姿も見えない。

その晩、電車もバスも使うことは諦め、何キロか歩いてから公衆電話で徳じいに電話をかけ、車で迎えに来てもらうことにした。

正直に事情を話すべきだったのかも知れないが、天狗や人魚やらが出てくる長い話をするのが何だか急に煩しく感じてしまったこともあって、大学時代の友人に誘われて飲みに行ったが帰りに酔って靴やらをなくしてしまい帰れなくなってしまったと説明した。

徳じいには私が本当のことを説明した方が、力になってくれるのは分かっていたのだけれど、それでも話すことは出来なかった。

うお太郎のためであることや、天狗との取引のせいだと言っても、犯罪に手を染めるようなことをしてしまったことや、あの少女をだましてしまったことを伝えて、徳じいをがっかりさせてしまうのが怖かったせいもある。

それに、うお太郎とは最初から関わるべきでなかったと徳じいに言われてしまうのも嫌だった。

山門に戻ると、徳じいへの礼もほどほどに、庫裏の床の上にごろりと横になって眠った。あちこちを駆け回ったせいか、ちゃんとした寝床のある山小屋まで歩く気力さえ残っていなかったからだ。

ぽつぽつっと、雨粒が顔に当たる冷たさで目が覚めた。

「雨漏りか、まいったな」

天井から、あちこちに雫が垂れている。

「困ったな。人魚に関わると禍があるとは聞いていたけれど、確かにこうも色々と降りかかって来るとは思わなかった」

まだ小降りだからよいが、本降りになったらこの場はシャワーを浴びせたように水浸しになるに違いない。

「今のうちに山小屋に移るか」

湿気た新聞紙で顔を拭い、ビニル製の雨合羽を着て、庫裏の外に出ると天狗がタバコを吸いながら立っていた。

「よお、元気か？」

天狗は太い指でタバコを地面に擦り付けて火を消してから、吸殻をぽいっと口に放り込んだ。

「昨日の木乃伊泥棒騒ぎはまああ面白かったぞ。もっと逃げ回る時には工夫が欲しかったがな。危なくなったらワシを呼べばよかったのに、困ったときには天狗を呼ぶこったな。さすれば大抵の問題は解決するぞ」

そもそも木乃伊取りに協力することになった原因を作ったのは、天狗だ。

「まあ、今日来たのはあれだ、おぬしの目の石を回収しに来た。人魚の木乃伊取りの手助けをする間だけっていう約束だったからな」

「そうでしたね」

「目をこっちに向けてくれんか？」

顔を向けると、天狗の指が眼球をぐっと押す感覚があった。

「ふう、上手い具合に取れてよかった。たまあに失敗して眼球を割ってしまうことがあってなあ」

天狗は毎回さらりとトンデモないことを言い放つ。

「眼球が割れてしまったら、どうなるんです？」

「見えんようになるな。じゃあ、用事が済んだからこれで行くよ。サラバだ」

天狗は立ち去って行った。黒い羽根が何本か床に落ちている。

山小屋に行くと、自分が宇治にいる間に天狗がしてくれたのか、ストーブは焚かれ、食器も綺麗に片づけられていた。

その代わりに代金として貰われていったのか、うお太郎が寝ていたベッドのシーツが失せていた。

怪我をして寝ていた時に血の染みがついていたので、天狗が欲したのかも知れない。

昨日から缶コーヒーしか口にしておらず、強い空腹を感じたが米を炊く気力もなかったので、そのまま再び眠ることにした。

祖母の石

姐の木乃伊（ミイラ）を手渡してから、うお太郎の姿を一度も見かけていない。

別にいなくなったからと言って困ることは何もないのだが、あの後どうなったのだろうかとふと、気になる時がある。

寒さは日に日に厳しくなり、水仕事がこたえる。手も足も酷い霜焼けに覆われ、薪ストーブで炙（あぶ）ると痒みを感じる。

貰った米は薄い粥にして大事に食べているが、春まで持つかどうかはかなり怪しい。天井が映る程の薄い粥を啜る禅僧の話が頭をよぎり、頭を横に強く振った。

贅沢は望まないにしろ、出来れば飢えることなく春を穏やかな気持ちで迎えたいと思っている。

しかし、この先どうすればいいかが分からない。

秋のうちにもっと蓄えておくべきだったかなと、苦笑いを浮かべながら熊笹の葉で作った茶を淹れて飲んだ。

働かないキリギリスになったようなものだ。

冬が去ったら、痩せた坊主がヴァイオリンの代わりに木の枝でも抱いて、山小屋で腹が空いたと呻いていたら、誰か嗤ってくれるだろうか。

「なんだか考えが纏まらないな。それも空腹のせいか」

ガラス窓から見える空は青く高く、澄んで晴れている。

小屋の中でグズグズと過去を悔いたり、無駄な考え事をしていても仕方がないので、外に出て掃除を始めることにした。

山も道も人が手を入れないと、直ぐに荒れ果ててしまう。

竹箒を手に、山門から下に向かって道を掃いていると、空は青く晴れているのに雨音が聞こえてきた。

はてっと思い、辺りを見回すと、天狗が簡易コンロに鍋を載せて天ぷらを揚げていた。

雨音だと思ったのは、油が爆ぜる音だったらしい。

「何をしてるんですか？」

「見れば分かる。料理をしている。食材に囲まれて寝ているのに、飢えているおぬしをちと哀れに思ってな。ヤブカンゾウの天ぷらだが、どうだ？　木通の皮もあるぞ」

天狗に借りを作ると大変なことになることは十分学習しているので、丁重に断る。

油の音や匂いは魅力的に感じたし、空腹はより激しくなったが、面倒事やトラブルの元は避けるに限る。

「そう警戒することはない。今日告げに来たのは、おぬしにとってもさほど悪い話ではない。今年の夏、おぬしに懸想していた娘がおっただろ。あの子が残した卵をしばらく預かりたいのだ。孵化するまで手元においておくだけだから悪いようにはしないつもりだが、どうだろうか？」

夏の日に会った浴衣姿のあの子のことは、未だによく思い出す。

「あの娘は私に好意を抱いてくれていました。その理由は寂しかったからです。撤去作業の後、少し埋めた場所が曖昧になってしまいましたが、それでも晴れた日は毎日掃除をしながら、あの辺りに話をしに行っています。だから、その、このままにしておいて下さい。あなたに手渡されたと知ったら、あの娘が悲しみそうな気がするんです」

鍋の中の山菜の天ぷらを菜箸でつまみ、そのまま油も切らず天狗は口に運んだ。

天狗は熱さに顔を顰めることもなく、パリパリと音を立てて天ぷらの衣を髭にくっ付けながら食べ、そして口を開いた。

「お前さんは世間だけでなく、女も知らんようだな」

「どういう意味ですか？」

天狗は呆れたように肩を竦めてみせた。

「お前さんが思っているほど女は過去には生きていないし、思い出にも縛られない。むしろ自分を縛る相手を疎いと思うものだ。若い娘の心は移り変わりやすい。執着がいかに煩わしいものかは坊主なら知っておるだろう。そもそもあれは卵であって本人ではない。あの娘の意思は石には残っておらん」

「でも、あの子は……」

「今、寂しいのはお前さんの方ではないのか？」

喋りながら、天狗は次々と鍋から天ぷらを取り出し、広げた新聞紙の上に並べている。新聞の上では、並べた天ぷらを中心に、油染みがじわりと広がり続けていた。

「お前さんは、なりは大きくなっても子供のころと心は殆ど変わっていない。だからここに遊び場を取り戻したかったのだろう？」

天狗の目が心を見透かすように、こちらを見ている。

「お前さんも、ワシが石欲しさに嘘や出鱈目を言っているわけではないことに気が付いておるだろう？　この山にあの娘が埋まっていると思うことで、寂しさを紛らわせているのだ」

「違う。そんなことはありえません」

「何故、違うと言い切れる？」

「分からない。でも、私はあの娘が残した石の卵を手放すことは出来ません」

「なら何故、卵を土の中から探し出して今の住まいの近くに移し替えてやらない？　大事にしているとは到底思えない。お前さんはワシに反抗したいから、そう応えているだけではないのか？」

天狗が菜箸を伸ばし、私の指を挟んだ。

「人の手の天ぷらという芸を知っているか？　昔お座敷芸で流行った見世物でな、手を衣に浸して天ぷら鍋に突っ込んで見せるのだ」

「これは、脅しですか？」

「お前さんはどう思う？」

胃がきゅっと締め付けられるように痛んだ。

天狗は天ぷらを載せた新聞紙を丸めて立ち上がった。

「そう緊張することはない。お前さんの後学のためにも、卵の声を直接聞きに行こうか。もっと素直にこちらの意見を聞き入れてくれるかと思ったが、これでは予想が外れてしもうた」

天狗は豪快に笑い、私を寺の崩れた跡地まで乱暴に引っ張って行った。

そして、私を土の上に放り投げた。

「あの娘の残した石の卵に呼び掛けてみるがいい」

　私の喉は震えるだけで、声は出てこなかった。

　金魚のように口をパクパクするのが精いっぱいだ。

「弱ったな、ちと驚かし過ぎたか。ならばワシが呼びかけよう。おーい、魚石の卵よ。おるか？」

　返事はなく、静かなままだった。

「今度はおぬしが呼びかけてみるがいい」

　あの娘の姿を頭に思い浮かべながら、小さく呼びかけた。

　だが、何も起こらず静かなままだった。

「こりゃ、二人して振られたか。それとも孵化する前の卵だから、何も感じないのか」

　天狗は笑い、新聞を広げてさっき揚げていた天ぷらを手でつまんで食べている。

「驚かせた詫びだ。おぬしも食うがいい」

　とてもじゃないが、食欲はない。

　頭の中で、さっき天狗に言われた言葉が重く伸し掛かっている。

「おい、何をしている」

　手で土を掻いていると、天狗に問いかけられた。

「あの娘の残した卵を探しているんです。あなたの言う通り、話しかけるだけで満足していたのは間違っていました。だから見つけて寂しくないようにするつもりなんです」

「耳が閉じていると見つけにくくはないか？」

「いえ、大丈夫です。どんなに掛かっても必ずあの娘の石の卵を見つけてみせるつもりです」

手で掻くと爪が直ぐにボロボロになってしまったので、シャベルで決して石を傷つけないよう、ゆっくり撫でるように土を掘り、石の卵を探し続けた。夜には懐中電灯で照らしながらあちこちを掘り返して、夜明け前にやっと見つけることが出来た。

天狗は手伝うこともなく、私がずっと土を手やシャベルで掘ったりする様子を黙って見ているだけだった。

「ありました！　見つけた！　あの娘の石を！」

小さな真珠大の白っぽい石だ。声を聞かせると五十年くらい経てば孵ると聞いていたが、土の中までちゃんと私の声は通っていたのだろうか。

天狗に言われる前に、私はもっと真剣に探すべきだった。

「お前さん、喜んでいるところ悪いが、ワシやお前さんが呼びかけても返事がなかった理由が分かった。その卵は幾ら呼びかけても孵らぬよ。腐ってしまっている」

「えっ？」

「あの娘の残した卵は腐ってしまった。魚石は孵らない」

「そんな」

「ワシの言うことが信じられないならそれでもいい」

「それは、私がずっとこんな冷たい土の中に放っておいたからですか？　そんな、こんなのあまりにも可哀そうじゃないですか」

「腐った理由は分からない。まあ、だがそれなりに時間がつぶれたし面白いものを見せて貰ったから礼をせねばな」

「あの娘が残した卵をもとに戻して下さい」

「無茶を言うな。それは誰にも出来ぬことよ。お前さんは少しこの山の気に呑まれているようだな。どうだ、一度山を下りてみてはどうだ？」

「嫌です」

「意地を張るな。お前さんは自分が思っているよりも脆くて危うい存在だ。誰かお前さんを必要としている者が欲しいのだろう？　滋賀の大津に人魚がいる。お前の友だと言っていた人魚だ」

「うお太郎ですか？　でも、あいつは今頃姐さんと一緒に平和に湖に暮らしているはずです」

「それはお前さんが見て来たうえで語っているのか？　そうではあるまいて。思い込むのは止めることだ。腐った卵にそれと知らず話しかけ続けているのと同じことよ。この山のことなら心配しなくていい。しばらくの間、ワシが守っていてやろう」

何だかいろんな感情が混ぜこぜになり、天狗に助けられたのか、言いくるめられたのか分からないが、私は言われるままに山を下り、大津に行くことに決めた。魚石の卵は日に当たるとすっと空気に溶け込むように消えてしまった。

天狗が言うには山の気に馴染んだということだった。

最後まで儚（はかな）い夢のようだった少女の残した卵。

色んなことがよく分からないし、山に来てからというものずっと何かに巻き込まれ続けているし、自分の頭が酷く悪くなってしまったような気がする。

指名手配でもされていないかと心配になったので、マフラーで顔半分を隠し、帽子を被って電車に乗った。

晩秋から冬の間は、山に人が入ることは殆どない。

でも、徳じいが来て心配するかも知れないと思い、山小屋と寺の庫裏の中に置手紙を残しておいた。

手持ちの荷物は布鞄一つで、中には小銭と筆記用具、替えの靴下、五徳ナイフ、地図が入っている。

出発したのが夕方過ぎだったということもあり、大津の駅に着くころには日は暮れて辺りはすっかり暗くなっていた。

「さて、どうしようかな」

駅の案内看板を街灯の明かりで見ながら、とりあえず琵琶湖の方に足を向けた。

シャッターの下りた商店街を通り過ぎ、遊歩道を歩く。

あまり開いている店もなく、どこもとても静かだった。

「山の中にいるのとは全然違うな」

建物が多くあるのに人を見かけないというのも奇妙に感じる。

世界の終焉とやらはこんな光景なのだろうかなどと、他愛のない空想に耽り（ふけ）ながら二十分程歩き続けると琵琶湖についた。

夜の湖面は黒い布のように波打っている。

遠くにぽつりと見える明かりは、船だろうか、それとも島の明かりだろうか。

肺にいっぱい空気を吸い込みありったけの声を出して呼びかけてみた。

だ。

「おーい、うお太郎――」

返事はない。

今度は前より大きな声を出そうと、体が反り返るほど大きく息を吸い込み力の限り叫んだ。

「おおおおーい、うお太郎――」

今度も返事はなかった。

しばらく何度も呼びかけ続け、喉が涸(か)れ声が擦(かす)れた。

水が飲みたくなったが、近くには自動販売機もなく、水筒も持っていない。

目の前にはなみなみと湛えられた水があるが、生水なので飲むわけにはいかない。

考えてみれば、琵琶湖はこの国で一番大きい湖で、自分が住んでいた山の何倍どころか、町の十倍以上大きい場所なのだ。そこで呼びかけてすぐに相手が出てくると思っていたのが間違いだった。

この大津の町の中でさえ、知り合いがどこかにいるというだけで、声を張り上げ続けて探しても、その相手に会える確率は決して高くはないだろう。

「ははっ」

自分の馬鹿さ加減に呆れて声を出して笑うと、喉がひり付いて痛んだ。

湖面は相変わらず黒くうねっている。

まるで割れた黒曜石の表面のようだなと思い、手を伸ばした。

風に晒（さら）された手に、冷たい水が染みる。

そもそも水の中に、自分の声が届いているのだろうか。

両手で水を掬いあげ、顔を洗った。

藻なのか、何かぬっとりしたものが顔につき生臭い匂いが鼻につく。

この水の中に人魚が住まう地が、本当にあるのだろうか。

黒く、明かりのない水の底で姐とうお太郎はどんな生活を送っているのだろうか。

石に水がひたひたと押し寄せるのを見ていると、目が慣れて来たせいか最初に来た時より湖の中の様子が見えるようになってきた。

小さな魚が泳いでいる。

人魚を探すのならば、自分も水に浸かって泳ぎながら探すべきなんだろうか。

水の冷たさを調べようと、靴を脱いで足首まで浸かってみることにした。

「身投げですか？　溺死って大変ですよ。死ぬなら首吊りの方がきっとずっと楽なのに、水死を選ぶのは何か理由があるんですか？」

瘦軀（そうく）で長身の男に背後から呼びかけられた。

「いや、身投げのつもりじゃなくって……」

オレンジ色の街灯に照らされた男の服装は、作務衣姿で髪は長く後ろで束ねられている。顎髭も長く、両手には赤い火傷のような痣が幾つかあった。指には絆創膏が巻かれていた。

足は素足に雪駄履きだったが、寒さは感じていないようだった。

「泳ぐなら季節外れですよ。しかも夜と来ている。どんな理由で入水しようとしたんですか？」

人魚を探そうとして、なんて言えば狂人と思われてしまうだろうか。

何と話せばいいだろうかと考えていると、目の前の痩軀の男がクスリと笑った。

「なんてね。知っていましたよ。身投げじゃないって。ワタシの名前はヤグロと言います。実はね、あなたのことを知っていて声をかけたんです」

「どちらでお会いしましたっけ？」

記憶石で奪われた記憶の中に、この男との思い出が入っているんだろうか。それとも自分はただ忘れてしまっただけなのだろうか。

「さあ、上がって。足を水に浸したままだと体が冷えるでしょう。この先にワタシの家があるんで、お茶でも飲みながら少し話しませんか？」

「では、お言葉に甘えて」

「実はね、ワタシは人魚なんですよ」

ヤグロと名乗った人魚は色は浅黒く、脛（すね）に毛もあり、全体的にぬるっとした白いお太郎とはかなり印象が違って見えた。

人魚と言っても、人間と同じで個体によってかなり見た目に差があるようだ。

男は家までの道を歩く間、ぽつりぽつりと大津の人魚のことを語ってくれた。

「昔はこの辺りにも多くの人魚が住んでいたんですけれどね、随分減ってしまいました」

「今はどれくらいの数が住んでいるんですか？」

「そうですね。八十程じゃないですかね。土の上に住んでいるのがそのうちワタシも含めて五、六人、残りは水の中にいます。北湖の辺の深い場所や竹生島（ちくぶじま）の周辺に割といるみたいなんですが、ワタシは付き合いが苦手でね。泳ぎは得意でも、歩くのが苦手だったもんで、最初土に立った時は随分苦労しました」

「人魚は下半身が魚だとばかり思っていました。あなたは私が見た二人目の人魚です」

「そういう奴もいますし、首のあたりまで魚の姿をしていたり、手足に鱗がある奴もいます。でも、陸に長くいればいる程人に近くなりますね。中には人魚だということを忘れて暮らしている者もいるらしいですよ」

「はあ」

「面白いですか、人魚の話は？」

「そうですね」

「あなたは人外の者によく好かれる性質なんでしょう？　さあ着きました。ここがワタシの家です。続きは中で話しましょう」

ヤグロが古い黒色の壁に覆われた家の前で足を止めた。『屋黒』という表札が掛かっている。

「この苗字の漢字は当て字です。この家の壁が虫よけのために焼いて炭になっているのが分かりますか？」

見ると黒く塗られていると思った壁は、炭となった木だった。

「焼杉壁っていうんですよ。焼くことで、炭化作用がおこって、防虫だけじゃなく、防腐の効果もあって、耐久性がよくなるらしいんですよ。それとワタシの名前のせいで近所じゃここは黒屋敷って呼ばれているらしい」

ヤグロは硝子玉がついた鍵を取り出し、玄関を開けて中に私を招き入れた。

家の中は薄暗く、何か薬品のようなにおいがした。

「狭い家ですがくつろいでください」

ギシギシと鳴る木張の廊下を進み、客間に通された。

八畳程の広さで、天井から吊るされた電気がついているのだが、部屋の中全体がうす暗い膜にでも包まれているように見える。

客間の真ん中には電気炬燵が置かれていて、その横にはべったりと黄色いペンキで塗られた三十センチ四方の石が置かれており、床の間には大小の硝子玉が無数に並んでいる。

壁にはつっかえの棚が幾つも取り付けられており、その上には無造作に大小の箱が積み重なって置かれていた。

言われるままについて来たが、部屋の調度品や置物を見るうちに段々落ち着かなくなってきた。

うお太郎の時にも感じたのだが、人魚の声には魔力があるに違いない。誘われたり頼まれると何故か断れないからだ。

天狗の場合は脅しや契約という言葉によって人を従わせるようだが、人魚はそれと意識せずにいつの間にか人間を自分のペースに引き込んでいる。

「お待ちどおさま」

茶托を持ってヤグロが現れた。

「気にせず、適当なところにかけてください。まず、何から話しましょうか？」

「私を、どうして知っていたんです？」

ヤグロに問いかけると、にっこりと微笑(ほほえ)んで応えてくれた。

「あなたとは初対面です。でも、あなたはおじい様によく似ているから、あなたが誰だか直ぐに分かりました。日奥家の者でしょう？　目と鼻筋が昌義さんそっくりだ。それに人魚でないのに、人魚の匂いを纏っている。そういう人は身近に必ず人魚がいるんです。あなたの寺にはまだあの稚魚がいるんですか？」

うお太郎のことを言っているのだろうと思うのだが、稚魚と呼ぶにしては少々大きいような気がした。

「今年の夏に私の祖父の寺の池に埋まっている人魚を見つけました。実をいうと、その人魚を追って私はここに来たんです」

「そんなことだろうと思った。でも、琵琶湖の中から人間が人魚を探し出すのは容易じゃないですよ。良ければお手伝いしましょうか？」

滋賀に来れば何となくうお太郎を見つけられると思っていた。でも天狗に言われたから来ただけで、具体的にどうやって探すのかまでは全く考えていなかった。

「それは助かります」

「昔、昌義さんの寺で、一度だけ稚魚の姿を見かけたことがありましてね。色が白い子で、言葉もまだよく喋ることが出来ないようでした。色が白い人魚は数は多くないのでおそらく、佐久上一族のものでしょう」

「色が白いのは珍しいんですか」

「白は目立つ色ですからね。あの一族は美男美女を輩出することでも有名でね。あなたのおじい様にお会いした時は必死でしたから特に気にならなかったけれど、どうしてあんな所に稚魚が一匹で人間に混ざって住んでいたんでしょうか？」

「さあ、本人は祖父に捕まったからと言っていましたが、よく分かりません。何を話しても、肝心なことははぐらかすような奴なので。祖父とヤグロさんはどういう関係だったんですか？」

「最初にお会いしたのは、二十年前くらいですかね。

父が酷い怪我を負ってしまいましてね。生きているのが不思議なくらい。それはもう酷い有様でした。人魚っていうのは人と比べると頑丈に出来ていましてね、ちょっとやそっとの怪我じゃどうってことないんですが、あの時は半身が裂けてズタズタになっていた。

多分泳いでいてスクリューにでも巻き込まれてしまったんでしょう。

父はまだ息があったのに、仲間はもう諦めた状態でした。

なかなか死ねないというのは辛いものでね。ボロボロの状態で、痛みに父は喘いでいました。誰が止めをさすかどうかなんて相談をしていたんですよ。

そんな状況の中、ワタシは昌義さんの噂を聞いたのです。

魔法のような石を扱う男が山寺にいるとね。

勿論、人魚たちの中でも半信半疑で信じているものの方が少なかった。

でもワタシは藁にもすがる気持ちで、人魚中の間を回って噂の出どころを突き止め、石を扱う男の住む山に向かいました。

慣れない土歩きに少々苦労しましたが、思ったほど遠い場所でなかったせいもあって、なんとか目的地に着くことは出来ましたよ。

ワタシはね、石を扱う男がどんな聖なんだろうと、色々と想像を巡らせながら会いに行ったんです。でも、想像とは違って男の住む山は噎せ返るような血の匂いがしました。

血に漬けられたような土地、それがあなたのおじい様が住んでいた寺の印象です。

そんな中、静かに読経しているあなたのおじい様は何か、こう、そうですね、とても小さく見えましたね。

そして何かに怯えているように見えました。

何でも出来る石を持っていて、探せる人なのに、どうしてそんなにビクビクしているんだろうと思いながら、ワタシは自分の素性を明かし、人魚の怪我を治す石を欲していることを伝えました。

でも、怪我を癒す石はないと言われました。それが本当か嘘かは分かりません。ワタシは昌義さんに泣いて頼みましたよ、足元に縋り付いてね。どんなことでもするし、何でも言うことを聞くから石を探してくれと。きっと、そんな風に頼まれたことは何度もあったんでしょうね。表情一つ変えず、淡々と泣きわめいて懇願するワタシに、石を探すというのはどういうことかということを話してくれました。

山で、日奥の人間が石を探しても、目的の石を見つけられるとは限らないということをね。

ワタシがあまりしつこかったからでしょうか。昌義さんは石探しを見せてくれると言いました。それで納得したら帰ることを約束させられて。

あの日は月の明るい夜でした。

昌義さんは、耳をとんとんっと時々指で叩きながら山を歩きまわっていました。

日奥の人間は、石を音で探すらしいですね。

三十分程山を歩き回ると、笹が茂ったあたりで足を止めて、昌義さんが地面を掘り始めました。

手掘りである程度地面を掘ると、そこから石を摘んでワタシに見せてくれました。

黒曜石みたいな、黒や緑の混ざった硝子のような石でしたね。

これはどういう石かと聞くと、強く握るとちょっとだけ水が染み出る石だと教えてくれました。今まで何度も同じものを掘り当てたことがあるということもね。

ワタシはもっと石を探して見つけるようにと頼みましたが、昌義さんは取り合ってくれませんでした。

約束したんだから湖に帰れ、とだけ言い残して昌義さんが去った後、ワタシは石探しが自分でも出来るような気がしてね、あたりを出鱈目に掘り返してみました。

日奥の人間にしか見つけることが出来ないというけれど、この山のどこかに石があるなら片っ端から掘り返して試してみよう。ありったけの石を湖に持ち帰ろうとしたんです。

夜から昼近くまで、ワタシはずっとあちこちを掘り返し続け、自分の手が石や土と区別がつかなくなり、何度か自分が何をしているのか、疲労のせいもあって忘れかけてしまうこともありました。

『おい！　馬鹿なことは止しなさい!!』

ワタシは昌義さんに声をかけられて、急に我に返りました。

ワタシの側には小山程の高さの石が積まれていました。

石の質や大きさは様々でしたが、昌義さんは石を見るまでもないというような感じでね。ワタシに時間の無駄だ、こんなのはどこにでもある石だ、バカな人魚だと言ったんです。あなたは既に知っているでしょうけれど、日奥の人たちが見つけて使役している石は、実は石に見えるだけで、石ではないんだとか」

「初めて知りました。じゃあ、あれは何なんです？」

「あれはね、山の『心』らしいんです。

それが日奥の一族の手に触れると石になるんだとか。

だから誰にも見つけられない。

一度固まった石になった『心』は、他の人でも見つけたり触ることは出来るけれど、石になる前のものは見つけられない。

だから山に入って掘り返しても無駄なんだそうです。

一度日奥の人が見つけた石も、傷が入ったり割れてしまったりすると、力を失ってしまうそうですね。

昌義さんは、水筒を出してワタシの手に水をかけて洗うと、たった一つしかないという傷の痛みを和らげる石を握らせてくれました。

本当に希少なものだったらしくてね。遠い昔の先祖が見つけた石で助からない怪我や病の人に握らせていたということです。

ワタシの父はその石のおかげで、最後は安らかにいくことが出来ました。痛みを和らげる石は役目を果たしたら返す約束だったので、ワタシは山に向かい昌義さんに石を渡しました。

ワタシは他にどんな石があるのかと聞きましたが、教えてくれませんでした。食い下がるワタシの所に昌義さんのお内儀が出てきて、手を引かれて山を下ろされ、ワタシは仕方なく湖に帰りましたが、その時から石に取りつかれてしまったんです。

あなたの山だけじゃない、力を持った石にね。

あなたの脇にある黄色いペンキの塗られた石は、高槻（たかつき）にある思案石のレプリカです。自殺すべきかどうか、思案していた男が座っていた石とかでね、触れると人に死を思案させる力があるとか……。

本物の思案石は博物館にあるんですが、かなり大きい石でしてね。持って帰れなかったから、仕方なく似せたものを作って部屋に置いているんですよ。

他にも幾つかコレクションをお見せしましょう」

ヤグロは作り付けの棚から幾つか箱を下ろして、中に入った石を見せてくれた。

「これは、梅花（ばいか）石、白い花が咲いているように見えるでしょう。これは風景石。色んな場所の景色のように見える石。名前のまんまですね。これはカンカン石。香川県の五色台で取れます。打ち合わせると風鈴のような高くて澄んだ音がしますよ」

話は中々尽きず、目の前は開けたばかりの小箱であっという間に一杯になってしまった。

「凄いですね。これだけ集めるのに、どれくらい掛かったんですか？」

「そんなに時間も手間も掛かっていませんよ。多くの者が身近にある石に気が付いていないんですよ」

「そうなんですか」

ボーンボーンと壁に掛かっていた時計が鳴り響き、深夜零時を告げはじめた。

「いけない、久々の客人ではしゃぎすぎてしまいましたね。うっかり長話で引き留めてしまいましたね。今夜はここに泊まって下さい」

「何故、そんなに見ず知らずの私に声をかけて、世話をやいてくれるんですか？」

「昌義さんへの恩返しですよ。あなたの知り合いの人魚とやらは、明日一緒に探しましょう」

ヤグロは部屋に私だけを残して電気を消して出て行った。

足音はうお太郎と同じように、聞こえなかった。人魚は、音を立てずに歩けるらしい。

その夜は何か夢を見たのだけれど、朝起きるとすぐにどんな夢だったのかは忘れてしまった。

「よく眠れましたか？」朝はヤグロの声で目を覚ました。

久々の座敷に敷かれた柔らかい布団の睡眠ということもあって、つい寝過ぎてしまった。

太陽はかなり高い位置で輝いており、間もなく正午に近い時間帯だというのが分かる。

ヤグロは昨日とは違って洗いざらしの色の褪せたブルージーンズに、白い長袖シャツを着ていた。

「ここの名物を少し食べてみます？」

白いもろもろとしたヨーグルト状のものに包まれた魚が載った皿が出て来た。つんっとした刺激臭を感じる。熟(な)れ寿司の類(たぐい)の魚を使った発酵食品に違いない。

「これは？」

「湖の魚を大小合わせて漬け込んだ、湖(こ)寿司とここでは呼ばれるものですよ。癖はあるので無理に勧めませんが、美味しいですよ」

今まで生まれてから一度も熟れ寿司を食べたことはない。米粒と、魚の身を一緒に摘んで口に入れた。

味は強い酸味と塩気を感じた。食べなれないこともあり、特に美味しいとも不味いとも思わなかったが、もう一度箸をつける気にもならず、口の中で咀嚼するうちに魚の身の部分から出てくる酸味が口の中を刺激し、涙が出て来た。

「お口にあいませんでしたか。普通の白飯に味噌汁もあるんで、今お出ししましょう」

目を白黒させながら湖寿司を飲みこみ、水を飲んだ。

しばらくすると、ヤグロが茶碗に山盛りの白飯に切り立ての小茄子と胡瓜の漬物と、蜆とねぎがたっぷり入った熱い味噌汁を持って戻って来た。

「あの、全て一つしかありませんが、ヤグロさんの朝食はないのでしょうか？」

「ワタシは作るのは好きですが、食べるのは付き合い程度でいいんですよ。食より飲む方が好みでしてね」

ヤグロは湖寿司にまぶされた白い飯の部分を突きながら、酒を飲みはじめた。

「人の世界に来た時はなんて奇妙なものを飲むのだろうと驚きました。でも今はこいつを肴に朝から酒を飲むのが堪らないと思うようになってしまってね」

本当に美味くて堪らないという顔で盃を傾けている。

ヤグロは酒を水のように飲んだ。

酔うとより饒舌になるようで、昨日のように石のコレクションを、子供が自慢の玩具を見せびらかすように目を輝かせて一つ一つを見せてくれた。うお太郎はいつも飄々としており、こちらを軽くバカにしたような口調だが、ヤグロからはそんな印象は受けない。

人魚も人と同じでやはり個体によって性格も違うのだなと思いながら話を聞いていたのだが、ヤグロが時計を見て時間が昼過ぎということに気が付いて、しまったという表情になった。

「つい、客人に浮かれて燥ぎ過ぎてしまいましたね。約束通りあなたの人魚を探しましょう。湖に戻って、知り合いの人魚たちに聞いて回ってみますよ」

ヤグロはついでに晩御飯のおかずになりそうな魚を獲るつもりということで、蓋の付いた竹網の魚籠(びく)を持って外に出た。

ヤグロの家からしばらく歩くと、琵琶湖の岸についた。

「それじゃ、行ってきます。外に出て帰って来る若い人魚なんて珍しいから、目立つと思うんで、何かしらの情報は得られると思いますよ」

泳ぎに行く、というより水の中に溶け込むようにすっとヤグロの体が湖面に入りあっという間に見えなくなった。

一時間程、ヤグロが湖に入って行った場所で座って待っていたのだが、特に何の変化もなかった。湖岸からは水の中を窺(うかが)うことは出来ず、風に体が晒されて手足がすっかり冷えてしまった。

ただどれくらい待っていなくてはいけないのか分からなかったので、その場で小さくグルグルと円を描くように走ったり、ストレッチをしながら待った。

空が急に曇りはじめ、ポツポツと雨が降り始めたが生憎傘を持っていなければ、雨宿り出来そうな場所も近くにはない。

「こんな状態になるんだったら、最初から落ち合う場所でも決めておくべきだったな」

冷たい冬の雨に打たれながら、もう今日は何時間も眺め続けている湖面に向かって呟いた。

雨脚が一層強くなった頃、やっとヤグロが湖の中から顔を出した。

「うお太郎は見つかりましたか？」

距離が少し離れていたので、雨音に消されないように出来るだけ大きな声を出して尋ねた。

「いいえー」

ヤグロが水の中から上半身を出し、そこから頭上に手を交差させて大きなバッテンを作って見せた。

「顔役何人かに聞いてみたんですが、全くそれらしい人魚の情報はありませんでした。どうもお目当ての人魚は湖の中には戻っていないようですね。若い色白の人魚なんて目立つから、よほど湖の中でも辺鄙(へんぴ)な場所に隠れていない限り何かしら分かるもんなんですよ」

「そうでしたか」

ヤグロが岸に上がると、長い髪を束ねてから絞った。

「やれやれ酷い雨だ。ワタシはいいですが、あなたはこのままだと風邪をひいてしまいますよ。まったくもう、これじゃあなたまでまるで泳いできたみたいだ。甘酒が家に帰るとあるんで、それでも飲みながら今後の作戦を立てましょうか」

ヤグロは家に戻ると暖かいタオルと着替えを直ぐに出してくれた。

この人魚は何をやらせても手際がいいようで、常に手を動かしている。

服のサイズは肩周りがやや小さくキツかったが、何とか着ることが出来た。

「より温まるようにと思って、甘酒に生姜を搾って入れておきましたよ」

赤茶色の茶碗に入った熱い甘酒が目の前に置かれた。

「人魚は水辺近くに住むことを好みます。まあ無論例外もいますけれどね、大抵の陸住みの人魚は池だとか川の側に居を構えます。あなたの探している人魚に心当たりのある場所はありますか？」

「いいえ、全く。天狗に言われて滋賀に探しに来ただけなんです。この広い琵琶湖のほとりのどこかに住んでいるかも知れませんが、皆目見当がつきません」

「では、明日レンタカーを借りて探しましょうか？」

「有難い提案なのですが、実は問題があります。私には車を借りるお金がないんです」

ヤグロは顎に手をあてしばらく黙って何かを考え込んでいるようだった。

そしてハッと何か思いついた顔に変わり、床の間の上にあった天袋を開けて中から小さな古びた箱を取り出した。

「使ったことがないので今の今まで忘れていたんですが、これを使って探してみます？」

箱の蓋を取ると、緑色の葡萄（ぶどう）の実程の大きさの石が入っていた。

「これ、人探しが出来るという謂われのある石なんです」

ヤグロが石の表面を撫ぜると黄色っぽい粉が指についた。

「この石の量だと人を探せるのは一度か二度だったかな。金沢で出会った人から少し分けて貰ったのです。

つるっとして見えるのに、触ると粉みたいになる石なんです。面白いでしょう。これは香のように焚いて効く石なんですよ。ハッキリと明確な場所が分かるわけではないと聞いていましたが、早速使ってみます？　実を言うと力のある石を手に入れても、自分で使ったことは殆どないんですよ」

「香のように焚くと、そこに探し人が煙の中に浮かび上がるんでしょうか？」

「さあ、分かりません。ワタシもあなたの人魚に早く会ってみたいですし、協力しますよ」

石の香りがどんなものか分からなかったのと、煙が多く出ると困るということで、石を試すのは換気が出来る作りになっている、石を加工するヤグロの作業場ということになった。

「何だかどきどきしますね」

白い小皿の上に、粉となった石で小指の先程の山を築き、火を点けた。

ぽっと褐色の炎が上がり、甘さと苦みを感じる少し蜜柑の匂いに似た香りが立ち込めはじめた。

「予想していたよりもキツイ香りですね。タバコほどじゃないが、ちょっとくらくらするなあ」

ヤグロが作業台に片手をつき、頭を軽く横に振っている。

鼻の奥にツンッと刺すような香りを感じたので、反射的に鼻を袖で覆った。

噎せるような強い香りに、目まいと頭痛まで起こり始めて来た。

目に涙が滲んできたので指で擦ると何かが見えた。

いや、目で見ているのではない、頭に風景が浮かび上がってきた。

記憶を見ている時のように、これが目の前の現実の風景でないことが分かる。ここは何処だろう。山や田んぼが見える。古い民家だ。枯れた葦のしげる岸と橋が見えた。

噎せかえるような香りに流石にたまらなくなったのか、勢いよくヤグロがガラッと窓を開けた。それと同時に見えていた風景は消えてしまった。

「外に出ましょう。もうこれは限界を超えています」

ヤグロの顔は涙と鼻水でぐちゃぐちゃになっていた。人魚の嗅覚は人より鋭いらしいので、よほど辛かったのだろう。

石に灯っていた火は既に消えており、細く白い煙が上へと立ち昇っている。

外に出ると地面の上の水たまりに白く虚ろな太陽が丸く映り込んでいた。

雨は止んでいるが曇り空で、気温も低い。

「息を止めていたんですが、もう限界でね、すみません。ところで探していた人魚の居場所は分かりましたか？　ワタシも昔の恋人の所在でも探そうかと思っていたんですけれどね、あのキツイ匂いで全てが吹っ飛んでしまいました」

「家が見えました。岸と、橋がこんな風で……」

ぬかるんだ地面の上に近くにあった木の枝で、絵を描きながら見た風景を説明した。

ヤグロは真剣に聞いてくれた。

「山と橋の位置でかなり絞り込めますね」

地図を広げ、幾つかの場所に◯を付けて示してくれた。

「そう遠くない場所なんで、裏にある自転車を使っていきましょう。古い自転車を直したものですが、油をさせば普通に乗れる筈です。自転車は何台かあるんで、ワタシも行きます」

ヤグロの厚意に礼を何度も言い、言葉に甘えて自転車を借りた。

雨上がりだったので、道が滑りやすく坂道のブレーキに注意しなくてはいけなかったが、順調に四十分程漕いで行くと最初にヤグロが◯を付けた場所についた。

「人魚の気配を感じるんで、この近くにいるかも知れません」

ヤグロがあたりを見渡していると、うお太郎が向かいの民家の戸を開けて姿を現した。

「あれ？　なんでいるの？」

うお太郎は、少し痩せたようだった。

あちこち毛玉のついたえんじ色のジャージの上下を着ていて、靴は履いていない。

「お前を探しに来たんだ」

うお太郎に言うと、困惑の表情を浮かべながら、帰ってよ！　と言った。

「うお太郎、姐さんはどうなったんだ？　ここで二人で暮らしているのか？」

「あんたの横にいる人魚は誰？」

「ヤグロさんって言うんだ。君を探すのに協力してくれた」

「こんにちは、ヤグロです。初めまして」

自転車から降りて挨拶するヤグロを無視して、こちらの質問には応えず、うお太郎は出て来た家の中に戻ってしまった。

「どうします？　どこにいるか分かったし、今日はこれで帰りますか？」

「いえ、もう少し話してみようと思います」

「そうですか。だったらお二人で話された方がいいかも知れませんね。ワタシは二人の再会が見られて割と満足しているんです。一旦ワタシは家に戻りますが、何かあれば来て下さい。別に戻らなくったって構いません。自転車もね」

ヤグロは去っていった。

「おい、うお太郎すねているのか？　おい、折角来たんだから顔くらいもう少し見せろよ」

戸口の前で何度か呼びかけると、引き戸がゆっくり開いた。

「ここ、空き家で勝手に住まわして貰っているから騒がしくしないでくれない？」

うお太郎が再び戸を閉めようとしたが、隙間に体を滑り込ませて中に入った。

「少し、お前と話がしたいんだ」

「なら最初っからそう言えばいいのに。でも、僕はあんたと話すことなんて特にないよ」

そっけない感じで、うお太郎が部屋の奥に引っ込んでしまったので後をついていった。

「服、着るようになったんだな」

「目立たないようにしたいだけで、外に顔を出す時以外は着てない」

話しかければ、返事はしてくれるようだった。

「で、姐さんは?」

うお太郎がふぅーっと長い息を吐きながら歩き回り、急に立ち止まって「死んだ」と答えた。

「あんたは結構図々しいことや、変に好奇心が強いことも知っているから話すよ。

姐さんはね、抱きかかえて土の中を泳ぎ続けて、川にたどり着いて、水に入れたら粉々になって溶けてしまった。実は少し息があったんだよ。あのケースの中にいた時はさ。

人魚ってしぶといとこあるからね。

でも、姐さんはもう完全に溶けてしまった。ああなっちゃ駄目なんだ。何もかも。

ねえ、これで満足した? 僕は一人でここで生きているよ。なんかもう無茶苦茶なんだ。

何を考えていいのかも分からないし、気が付くと朝になっていたり夜になっていたりする。

寺の中から連れ出すのは間違いだったの? でも、あんなのって酷いと誰だって思うでしよ。硝子のケースの中でたった一人ぼっちで……」

急にうお太郎が膝をつきおいおいと泣き始めた。

慰めようと思い、近くに寄るとありったけの力で撥ねのけられてしまった。

「もう何だよ。今は一人でいたいんだよ。そういう時ってあんたはないの？　それに、それに寺だってさ……もう説明するのも面倒だから帰れ！　帰ってくれ!!」

「なんだ、何が言いたいんだ」

「もし本気なら寺に戻れよ。そうすればアレをあんたも見つけることがあるかも知れない」

「アレって何だよ」

うお太郎は泣き止んで、寺にいた時によく見せてくれた不適な笑みを浮かべはじめた。

「ひひ。あんたが本当に望んでいるかも知れないものだよ。これ以上は言ってあげない。僕だけじゃなく、あんたも少しは苦しい思いを味わってみればいいよ」

「なんだよそれ」

「じゃあね」

今日のところは大人しく帰ることに決めた。

外に出ると、自転車に跨ったままのヤグロがいた。

「帰ったんじゃなかったんですか？」

「いや、やっぱり気になってね、戻って来ました。どうしたんです？　あの人魚は」

「今は一人でいたいらしいんで。私は帰ることにします。また来るのは少し日を空けてからにします」

「いいんですか、連れ帰らなくって？」

「ええ、本人がここにいたいというんなら仕方がないんで。それに少し気になることも言われましたし。ヤグロさん、今までありがとうございます」

「えっ？　もう帰るんですか」

うお太郎が発した、寺で見つかるかも知れないアレの言葉が気になり、戻る気になった。天狗の言葉に従って滋賀に来てみたものの、うお太郎は私を必要としていなかった。

少なくとも今は。

「来る時も帰る時も一人かあ」

ヤグロと一時間程駅のホームで一緒に電車を待ち、礼を言ってから乗った。

車窓の外を見ると、例年より早い雪がチラチラと降り始めていた。

空けていたのは数日間だったが、山が何か見慣れない場所に変貌してしまったように感じられた。

それは薄く積もった雪のせいなのか、うお太郎を連れ帰れなかったことが理由なんだろうか、と考えながら歩くうちに山奥の小屋についた。

シートを被せていなかったので、薪は雪で湿気ってしまっていた。

とりあえず、表面の雪をどけ、何本か薪を取り出して山小屋の中に入れて新聞紙で包んだ。

新聞紙が湿気を吸って、少しは使えるようになるかも知れないと思ってのことだった。

寒くて静かな小屋の中、私は寺や石や、うお太郎のことを考え、やがて眠くなったので服を着こむだけ着て、毛布に包まって眠った。


「おはようございます」

翌朝、徳じいが手に炭の入った袋を持ってやって来た。

老齢であの山を炭を持って登るのは大変だったのに違いない。

「置手紙みましたよ。春になるまでお戻りになられないんじゃないかなと思ってたんですが、雪が降ったもんで、もしかしたらと気になって炭を持って参じることにしたんです」

徳じいの手を握り、何度も深く頭を下げた。

「そんなに恐縮しないで下さいな。また炭が足らなくなったら言って下さい。山はこの先ずっと冷えますから」

貰ったばかりの炭を積み重ねていると、ドドン！　っと急な地響きを感じ小屋が揺れた。地震でもないようだったので、何かと思って外に飛び出たが特に変わりがなく、寺の方に行くと庫裏の屋根が落ちていた。

どうやら雪の重みで落ちてしまったらしい。

手を触れると危ないことは分かっていたが、焚き付けに使えるかも知れないと、瓦の合間から見える木を幾つか拾い上げた。

すると、瓦礫の合間から顔を覗かせていた分厚い一冊の本が目に留まった。

手に取ってぱらぱらと捲ると、どうやら祖父の日記帳のようだった。

古い日記帳なので、紙は色褪せていて破れたり、抜け落ちているページも多い。

しかも雪の湿気のせいで、歪んでいるし、インクが滲んだページもあった。

ぱらぱらとその場で捲ってみると、とある一文が目に入った。

×月×日

女の人魚は俺の子を産んでからすっかりおかしくなった。人と化け物で子が出来るとは思っておらず、避妊を怠ったのは良くなかった。

人魚が町の方へ逃げようとするのを止めて二階に監禁していたのだが、妻が恨んで殺してしまった。

死体の解体は山口さんに任せた。殺したことや人魚の妻の記憶を石で忘れさせることにした。

×月×日

生まれたばかりの人魚は性別が曖昧だったが、どうも雌ではなく雄だったようだ。

何故かユキオに懐いている。最初こいつも殺そうかと思ったが、血が混じっているせいか殺せなかった。山口さんはいたぶって殺したいと言っている。こないだの解体でタガが外れたのだろうか、サディストとしての顔が表に出てきて恐ろしい。人魚の子にはお前は滋賀で釣って来たと言ってある。あの女が滋賀の淡海から来たと言っていたし、疑いを抱くことはしないだろう。

×月×日

こないだ殺した人魚の子の親族がやって来た。

美しい女で、何もかも知っているような顔をしていて怖い。うちの人魚の子は女を姐さんと呼んでいる。怖くて仕方がない。同族で何か感じることがあるのだろうか。知り合いの寺が見世物が欲しいと言っていたから売り飛ばすことを考えている。ただひたすら、毎日が怖い。いっそ石を使って俺自身、全てを忘れてしまった方がいいんだろうか。でも、それも恐ろしくって敵わない。

「これは、どういうことなんだ？」

日記を小屋に持ち帰り、白い雪の降る無音の世界の中、ただただひたすらにページを捲り続けた。

山小屋の中の気温は低く、吐く息も白いが今は気にならない。

日記の一番古いページは今から四十年程前からスタートしていた。

天気や釣りや登山客のことばかり書いてあった日記は中ほどを過ぎて、おかしくなっていった。

×年×月×日

近所で殺人事件が起こったらしい。噂では下手人は山口さんの子だと言うが、おとなしい子だったし、とてもそんなことをするようには見えない。噂とはなんといい加減なものだ。

それにしても、平穏な暮らしが一番だと思う。

×月×日

風変わりな女がやって来た。滋賀の淡海の底からやってきたと言っている。

妻は風変わりな来客を何故か歓迎し、もてなしている。

×月×日

耳を女に無理やりこじ開けられた。

石のこと山のこと、日奥のことを聞いた。

この石を使えば何だって出来るに違いない。

女に誘われたので、抱いた。女は自分は人魚だとかおかしなことを言っていた。

明日は開いた耳で石を探し尽くすつもりだ。

そこからしばらくの間、日記の内容は石を見つけた時の喜びと、石の記述で埋まっていた。

×月×日

石のせいで人死にが出てしまった。ただひたすらに恐ろしい、助けてくれ。

人魚の腹が日に日に大きくなってきている。全て夢であってくれればどんなにいいか。

そこから祖父は恐怖の深みに嵌まり込み身動きが取れなくなってしまったようだった。

×月×日

人魚がこっそりと俺との間の子を産んだという知らせを聞いた。

×月×日

今までの問題を全て解決することが出来る素晴らしい石を見つけた。

記憶を封じたり消したり移し替えることの出来る石だ。

明日からこの石だけを山中を這いずり回ってでも見つけてやることにしよう。

×月×日
山口さんから石を譲れと言われた。譲らないと過去の殺人を暴露すると言われた。
何を言っているか分からないが、石を渡した。
渡した石がどう使われるかまでは関知しないことにしている。

×月×日
また人死にが出てしまった。どうやらあれは生まれつきそういうのが好きな子らしい。
山口さんが土地のイメージが悪くなると困ると言って、人殺しを目撃した連中を集めて記憶を消すことにした。
法話や集まりの席には多くの人が出席するので、記憶を入れ替えたり移し替えていけば、事件はもみ消せるだろう。

×月×日
あの子を止めようとして、ユイ婆(ばあ)さんが竹藪で返り討ちにあってしまったようだ。
警察は何も掴めておらず、事件は迷宮入りしそうだ。

×月×日

竹藪の中でユイ婆さんの幽霊が出たので驚いた。寺に幽霊を封じ込める石があるので使ってみよう。見世物にすれば少しは金になるだろうか。でも石の存在は一部の人の特権として山口さんは扱うべきだと言っている。

あの人に任せて大丈夫なのだろうか。石を見つけて判別できる力を持っているのは、俺だけなのだから、山口さんも記憶石を使って早いうちにあらかた忘れさせてしまった方が良いのかも知れない。

×月×日

夏休みとなったので、ユキオが戻って来た。

屈託なく遊び、よく笑っている。昨年の殺人事件に巻き込まれたことをそれとなく聞いてみたが覚えていないようだった。人死にの現場なんて忘れるに限る。

あの子には村中の子の記憶の断片を集めて、楽しい思い出を与えてやろうと婆さんが言っていたので、試してみよう。

ここまで読んで、急に自分では処理出来そうにない気持ちに襲われて、ページを破りながら叫んだ。

自分の記憶は偽りだったのだ。

私は山にいることが恐ろしくなり、走るように下ると電車に飛び乗り、一目散に滋賀にあるうお太郎の家へと向かった。電車の中ではずっと頭がズキズキと痛み目から涙が滲んだ。

家に着き、呼びかけたが返事はなかった。戸に手を置いて引くと鍵はかかっていなかったようで、スッと開いた。

「おい、うお太郎、うお太郎」

母親を求める幼子のように名を呼びながら、家に上がり、玄関の横の部屋を見ると、すうすうと息を立ててうお太郎が全裸で寝ていた。

「おい、なあ、うお太郎」

体を強く揺さぶると、薄く目をあけた。

「煩いなあ、なんで来たの？」

「見つけたんだ、寺で、アレを、今までのことは嘘だったんだ、全部。そう、全部だ」

「とうとう見つけちゃったかあ。っていうか、もっと早く見つけて欲しかったよ」

「苦しくておかしくなりそうでもう、どうしていいか分からないんだよ。なあ、助けてくれ。君は私より、色んなことを知っているんだろ？　あの山に一人じゃ戻れない。君も来てくれ。なんか、砂の上に立っているような気持ちなんだ。全部、嘘だったんだよ。自分の暮らしとか思い出とか、全部丸っと」

「へえー、それで？」

「それでって、結構大変なことだろう。自分が何者なのか、何を信じていいのか、全く分からなくなった。それに、祖父母が色んな犯罪に手を染めていた可能性がある」

「だから？」

「だからって、おい。なあ、助けてくれよ。そして教えてくれ。何か確かなものが必要なんだ」

「分かった！　あんたは誰かに弱音を吐いて、甘えたいだけなんだよ。昌義さんたちは墓の中だし、聞き出すことなんてできないよね。もしかしたら死者の声を聞く石とかがあるかも知れないけど、それに望みを託す？」

「いや、そういうんじゃないよ。何だかただ、疲れた」

「そうだ、あんたに良いものをあげるよ！　ついて来てよ、こっちに！」

見た目は華奢で色白なうお太郎だが、力は強い。

手首をつかまれ、強引に家の外に連れ出されてしまった。

「おい、外に出る時には服を着るんじゃなかったのかよ」

「んふふふふ。今日みたいに寒くって天気の悪い日は、外に出る人もいないし大丈夫だよ」

そして、手を引かれるまま琵琶湖の岸に連れていかれ、あっという間もなく、目の前で黒く畝(うね)る琵琶湖の波の中に無理やり引きずり込まれてしまった。

そして、歯にカチリと何かがあたり、冷たい水と一緒に飲み込んでしまった。

体が言うことを聞かない。冷たい水が体中を刺すように感じる。

水面に顔を出すと、見えたのは琵琶湖の岸でもうお太郎の顔でもなく、見知った山寺の風景だった。

「えっ？」

崩れる前の寺が立っており、側では泣きじゃくっている幼い頃の兄が立っている。

空気には濃い血の匂いが混じっていて、手足が傷だらけの白い子供がいた。

そこで、目で見ていた風景がぷつっと消えた。

ぷはっと水面に顔を出すと、目の前にうお太郎の顔があった。

「なんで水の中に引きずり込んだんだ。死ぬかと思った」

「死にたいような顔をしていたからね、だから狭間に引き込んでみたんだけど、あんた、どうやら生きたいみたいだよ」

「冗談が過ぎるぞ」

「確かな記憶が欲しいんでしょ？　さっき飲ませたのは殺人鬼に追われた後のあんたの記憶が入った石だよ。記憶石を飲むとね、その記憶は上書きも消すことも出来なくなるんだよ」

うお太郎は海豚のように素早く水の中を進み、あっという間にテトラポッドまで泳いでいき、そこに腰掛けた。

私はゆるゆると、蛙泳ぎで湖中を進んでいる。

無様な泳ぐ様が面白いのか、うお太郎はとても嬉しそうな表情で私を見ている。

冬の湖だ、早く上がらないと本当に死んでしまうのだが、体が強張ってあまり言うことを聞かない。

体中が冷えて痛い。関節が重く、思うように動かせない。

チリンッと自転車のベルの音が聞こえた。

自転車に乗ったヤグロが岸でこちらを見ている。私は溺れていることを伝えようと口を開いたが、余計水を飲んで苦しくなるだけだった。

その様子を見て流石に心配になったのか、ヤグロが飛び込んで泳いで来てくれた。

岸に上がると濡れた服を脱がせて、ヤグロがタオルを被せてくれた。

「通りがかってよかった。あなたは変わっているし、友人の人魚もなかなかぶっ飛んでいますね」

「ははっ」

唇が震えて言葉を紡ぐことが出来ない。

「このままだと死んでしまいそうなので、あなたの家に運んでいいですか？」

ヤグロの問いかけにうお太郎は面倒くさそうに「いいよ」と答えた。

ヤグロはガチガチに強張った私の体から濡れたタオルを剝ぎ取り、新しい乾いた毛布を被せてくれた。

そして家に入ると、いつの間にか用意した白湯（さゆ）を手に持たせ、ゆっくり飲むように言い、ストーブの火力を強くして部屋を暖めてくれた。

私を危うく溺死させるところだったうお太郎は、ヤグロを手伝うこともせず何かぶつぶつ言いながら、考え事をしているようだった。

そして手をポンッと打つと、裸のまま小走りでどこかへと去って行った。

戸が開いて閉まる音がしたから、外へ出たのだろう。

日が暮れてから気温が一層低くなったようだ。

闇夜の中でも、あいつの白い肌は目立つ。

人に見られでもしたら公然わいせつ罪で捕まってしまうだろう。

体のこわばりがまだ解けておらず、温い湯をやっとゆるゆると啜ることしか出来ない自分はうお太郎を追って行けなかった。

それに、あいつのせいで酷い目にあったので、勝手にしろという思いがあったせいもある。

二十分程経って、やっと手足を動かすことが出来るようになってきた。

顔色が戻って来たことをヤグロは喜び、何か欲しいものはないですかと言っている。

熱いお茶をお願いしようかと口を開きかけると、戸が勢いよく開いて、珍しくドタドタと足音を響かせたうお太郎が帰って来た。

手には薄汚れた巾着袋を持っている。

「これ、あんたにあげるよ」

うお太郎は、私の前で立ち止まると、眉間に皺を寄せて腕を伸ばして袋を目の前にかざした。中にはゴキブリの屍体でも入っているような、ほんの一時も持っていたくないというような袋の持ち方をしていた。

「これは何？」

「開けてみれば分かるよ」

袋を受け取ると、うお太郎の眉間の皺が取れほっとしたような顔になった。

中には小さな六角柱の水晶のような透き通った石が幾つも入っている。

「記憶石……かな？」

「これはさ、あんた見た方がいいよ。でも、嫌なら割った方がいい」

ふいに、血の匂いと共に殺人鬼に追われた記憶が蘇って来る。

琵琶湖の中に引きずり込まれて飲まされた石のように、嫌な記憶が入っているのだろうか。

急に後頭部をボカリと殴られたような悪夢にも似た、殺人鬼に纏わる記憶のせいもあって、石をポロポロと袋から落としてしまった。

うお太郎は目にもとまらぬ速さで石が床に着く前に手を伸ばして受け止め、危ないじゃないか割れたら見えなくなると文句を言っている。

「さっき、君は嫌なら割った方がいいって言ったばかりじゃないか」

「言ったけど、駄目だね。やっぱりあんたはこの石を全部見ないとさあ、このままじゃ、あんた、自分が何者かさえ分からないまま暮らすことになるよ」

ひひっと笑ってうお太郎が言い、手で受け止めた石を私の目の前に突き出した。

「君は、この中の記憶を見たのか？」

「うん。だから取っておいたの」

「誰の記憶が入っているんだ？」

「質問ばかりで嫌だなあ。見ればわかるよ。ね？」

うお太郎のひんやりとした手と石が額に当たった。

皺だらけの手が、誰かの頭を優しく撫ぜている。

頭を撫ぜられている子は細かく震えている。

「ユキオ、あんたは怖い夢を見たんだ。誰も追いかけて来やしないし。大丈夫だよ」

子が顔を上げた。目は泣いて赤く腫れていて、頬に擦り傷が一杯ついている。

「血が付いた人がね、刃物を持ってユキオとお兄ちゃんを追って来たの。誰かがね、グザグザッと刺されててね、血が一杯出ていてね、凄く怖かったの」

「おおよしよし」

皺だらけで、血管の浮いた手の主は祖母のようだった。目を見開いてずっと喋り続ける怯（おび）えた孫の頭を再び撫ぜて、何か緑色の濃茶に似たものを飲ませた。

するとと、子はすぅすぅと寝入り、祖母は巾着から一つ石を取り出して額に当てた。

「こんな小さい子が可哀そうに」

ぽつりと涙が一つ、子の顔の上に落ちた。

「おーい、今帰ったぞ」

祖父の声だ。

「ほれ、これ使っとけ」

祖母は祖父から針のように細い水晶の入った袋を受け取り、中を確かめてから子の額の上に置いた。

「今日の法話に集まった子たちは、楽しい思い出がいっぱいだねえ。ユキオたちも殺人鬼に追われる記憶なんかより、こういう山で遊んだり、綺麗な輝石を集めたり、かけっこや鬼ごっこをした記憶の方がずっといいよ」

祖母が寝ている子に与えている記憶は、何度も山や寺のことを思い出すたびに見て来たものなのでよく知っている。

落ち葉に埋もれて遊んだことや、鬼ごっこをして躓（つまず）いて転んでしまったこと、ああそうか、あれも全部嘘だったのか。

「なあ、もういいよ」

額に石を当てている、うお太郎の手を振り払い、立ち上がった。

「もう、これ以上いいよ」

「いや、駄目だね。最後まで黙って見てよ」

「何でだよ、どうしてこんなことするんだよ」

「駄々をこねないで続きを見てよ！」

うお太郎が私の手を強い力で引き寄せ、再び額に石が当てられた。

子供が雪の中で一人泣いている。

さっきより少し幼い。年は七つか八つくらいだろうか？

記憶にない風景の中にいる私を見るのは奇妙な気持ちだった。

「どうしたの？」

「あのね、何かずっとお耳がキンキンって鳴っているの」

「ああ、それはねえ、山の石が呼んでいるんだよ。石を見つければ音は止まるよ。それにしても参ったねえ。耳が開いてしまったかい」

「ねえ、お婆ちゃん。僕どうすればいい？」

「どのあたりから音が聞こえる？」

「幾つもの場所から聞こえる」

「そうかい。じゃ、一つずつ探していこうかね」

一つ目の石は木の根の合間から見つかった。

もう一つは松葉の合間にあり、最後の一つは大きな石を祖母と二人掛かりで持ち上げると見つかった。

「ねえ、婆ちゃん。音が止まったよ。でも、どうして石が音を出してたんだろう？」

「そりゃあ、石がねえ、あんたに見つけて欲しくって声を上げていたからだよ」

「石って喋れるの？」

「婆ちゃんには聞こえないけれど、爺ちゃんやお前には聞こえる声があるんだよ。聞いたことがないからどんな声なのか知らないけれど、見つけて見つけてってお喋りしているのかねえ」

「やだなあ、そんなの聞こえるのやだよ」

「心配するこったない。婆ちゃんがしばらく聞こえんようにしといてやるからね」

「ずっと聞こえないようには出来ないの」

「御山が怒るかも知れないから、難しいかも知れんねえ。石も山もねえ、我儘だから」

そこでふっと記憶が途絶え、また別の場面に切り替わった。

目の前に燃える石を持つ祖父が立っている。

横で祖母が泣いている。

「うっかり耳が開きかけて、また石を見つけたか」

「ごめんなさい」

傷だらけの子供が泣いて謝っている。いつの頃の記憶なのだろう。さっきの続きなのだろうか。

「泣くな。爺ちゃんもこういうことがあった。小さい頃にな、見つける石は不安定なものが多いんだ。だからこういう怖い目にあう」

「爺ちゃん、あれは何だったの？」

「あれはな、人を狂わせる石だ。自分の望む情欲にな、人を引き込む魔性の石だ」

「僕、悪いことしたの？」

「いいや、お前は悪くない。爺ちゃんは必ずあの石を取り戻して割ってやるから心配するな」

「ねえ、どうしてあんな変な石があるの？」

「さあ、どうしてだろうなあ。でも、神様として祀られている石があるし、国の宝となっている石もある。こう人に仇なす石ばかりでもないから、気にするな」

「でも、僕が見つけた石は駄目な石だったんだよね」

「ダメなことはない。何かの役に立つのかも知れない。どう使えばいいか分からない石っていうのは多いんだ。爺ちゃんが見つけた石で役立たずだとばかり思っていたら、臓腑の代わりになった石もある。爺ちゃんの心臓もな、石で動いているんだ」

「本当？」

「ああ。だから今は気にしないで眠れ。今日のことは全部忘れてしまうんだ。お前はこういう石とは関わらず、普通に生きた方がいい。その代わり楽しい記憶を詰めてやろう」

記憶を続けざまに見ているせいか、何が現で何が過去なのかが曖昧になってくる。うお太郎とヤグロの顔が見え、風景が歪み祖母の記憶が流れ込む。

いつ、石を袋から取り出して額に当てられたのかさえ、分からない。

長い長い夢を見ているような気だるさを感じながら、自分の体験のように祖母視線の記憶を体験し続けていると、自分の体が本当に老いて皺だらけの老婆になってしまったのではないかと疑ってしまう。

記憶石を見続けるうちに、他人になりかわった人もいるのではないだろうか。

「あの人は女でおかしくなったんじゃない、町の人も皆石でおかしくなったんだ」

祖母が誰かと話し込んでいる。

部屋の中があまりにも暗く、相手の顔が分からない。

「いや、石のせいじゃない。あの化け物にそそのかされておかしくなっているだけだ」

暗がりの中、祖母の前に座っている相手が答えた。

「あんたも言っていたじゃないか、あの化け物に言ったんだろ？　帰れよって。でも皺だらけの婆に何が出来る。ここいらの男衆は皆、自分の虜で配下だって言われたんだろ？」

「ああ、そうだ。あの雌魚め。だから」

「だから？」

「殺してやったさ。あっけなかったよ。近くにあった石で胸を刺し貫いてやった。

粘土に埋めるように、容易くそれは刺さったよ。

もしかしたら、肉を断つ力を持つ石だったのかも知れないけど、今となっては分からないねえ。だって、女の体に半分埋まったまま、石がその場で朽ちてしまったからだ」

「殺したのか？」

「あっと小さな声を上げて雌魚は倒れたよ」

「子供の人魚はどうしたんだ？」

「あの子も殺そうと思ったさ、でも出来なかった。爺さんと孫のユキオの顔に少し似ていたからね。でも、あの女の顔にも似ていた」

「そうか」

「あんたも、あの雌魚と寝たことがあるんだろ？　黙っているってことはそうかい。分かったよ。ここは田舎の吹き溜まりみたいな土地だもの。たとえ化け物だってただでさせて貰えるんなら、歓迎する男は大勢いたんだろうよ」

「あの女の声でな、誘われると拒めないんだ。あの声こそが魔性の証だ」

「言い訳なんざしないでいいさ。うちの爺さんもすっかり参っちまったんだもの。だけど、その結果町はどうなった？　石で誰か一人でも幸せになったかい？　人死にが出たのは誰のせいだい？」

「なあ、この話はもう止めようや」

「帰るんなら、送って行くよ」

ほの明るい街灯の下で見えた相手の顔は、山口さんだった。

記憶の情景が再び切り替わる。

人が生きながら燃えている。

燃えているのは子供のようだった。

火の中でうずくまるような姿勢で地面を転がっている。

手に松明を持った山口さんが、子供が燃える様子をじっと見ている。

祖母が叫び、ホースに駆け寄り水を子供にかけた。

あまりにも痛ましい姿に涙を流し、手に石を握らせた。

子は息をしているが、火傷が酷い。

「なんで、こんなことをするんです！」

「石と人魚が町を病ませたからだ。親が死んだら次は子だ。だいたい親を殺ったのはあんただろ」

祖母が泣きながら子供を抱きしめ、寺の中から出て来た祖父が山口さんをどこかに連れ去って行った。

人魚の子は夫と相談して水を引いた池に埋めることにした。

全て、町の忌まわしい記憶をなくして日常を取り戻すことが出来たら、昔と同じように過ごそう。

色々と疲れた。今までの罪を全て忘れてしまいたいと自分の記憶を石に封じる。

「少しずつでもいい、平穏に戻りたい」

そう呟いたところで、祖母の記憶は途絶えた。

どうやら袋に入っていた、石の記憶を全て見終えたらしい。

「どうだった？」

「分からない」

「見て良かったでしょ？」

「それも分からない。何だかずっと長い悪い夢を見ていたような心地なんだ」

「なら、そう思えばいいよ。で、これからどうしたい？」

「分からない」

「考えて行動したって上手くいかないし、今までいかなかったんだから、まずは好きなことをしてみればいいよ。それくらいなら分かるでしょ？　あんたが好きなことって何さ？」

「好きなことか……そうだな、また寺に一度戻ってみるよ」

「本気？」

「ああ、もう少しだけ山を調べてみないといけない気がするから」

「言っておくけど今、あんた酷い顔してるよ。記憶に飲まれてる」

「そうだろうな」

「ねえ、忘れていた事を思い出したり知ったくらいで別人になんかなれやしないし、あんたはあんたのままなんだよ。貧乏で、ぶっ壊れた寺の坊主でしかないから」

「ああ、分かってる」

「分かってないよ。寺だけじゃなく、あんたの頭や心まで壊れる必要なんてないからね」

「私は立ち直る為に、あの場所をもっと知りたいんだ。それに自分の記憶でなかったとしても、祖父の寺で楽しく遊んだ子供がいたのは事実だから、あのままにしておきたくないんだ」

「うーん。僕にはあんたの考えが理解出来ないけど、そうしたいんなら、いいんじゃない？」

「うお太郎はどうしたい？」

「僕は寺の外に出て楽しかった。あんたに少しは付き合ってもいいけどさ、いつか旅に出たいなあ。あんたは愛されていた子供だったと思うよ。それに結局さ、記憶石を使い過ぎて昌義さんも何が本当で何が偽りなのか、分からなくなっていたと思うんだよね。だって色々とおかしいもん、日記の内容も矛盾だらけだったしさ」

「あの日記、君も読んだのか」

「うん」

「どうして、君はそんなに平気そうなんだ？」

「だって過去は過去だし、記憶は所詮（しょせん）記憶でしょ、だから僕はもう、面倒くさくなって今がどうあるべきかってこと以外考えないようにしたんだ」

「いつからそんな風に考えるようになったんだ？」

「今から。石の記憶をあんたに見せている間、ちょっとそういう風に割り切ろうって思っちゃってね、で、旅はどこに行く？」

「山に戻りたいって私は伝えたはずだが」

「じゃあ、山に戻ってから旅に出ようよ。それか、逆がいい？」

「旅、いいですね。色んな土地の人魚に会うとまた発見がありますよ」

　ヤグロが冷えた酒を薄玻璃（うすはり）のグラスに入れて持ってきた。

　それぞれが手に取り口に運びながら、湖上の景色を眺めていた。

溶けかけたバターのような橙色（だいだい）の月が湖に映り込み、強い風が山から体に吹き付けている。

これから先のことは、とりあえず明日考えることにしよう。

冷たい酒がすっと喉を通って、肺腑に染み渡るように落ちていった。

未来の石

ヤグロに描いて貰った地図通りに歩いて来た筈なのに、すっかり霧に巻かれて迷ってしまった。

牛乳のように濃い霧で前も後ろも殆どよく見えない。

カラカラと足元を小さな石が幾つも転げていく。

一歩踏み出すと、がくんと体が下に落ちた。

どうやら木の根を抜いた後の窪(くぼ)みにはまり込んでしまったようだ。

湿気を吸ってへにょへにょになった地図を畳んでポケットにしまい込んだ。

こうなっては下手に歩き回るより、霧が晴れるまでここでじっとしている方が良さそうだ。

風が強い。

そういえばよく湖西線が風で止まっている告知が掲示板に出ているのを思いだした。

こんなに風が強いのに霧が飛んでいかないのは、不思議だなと思いながらうとうとしていると、霧の中からぼんやりとした人影が姿を現した。

「よくもまあ、こんな妙なところに迷い込んだものだな」

びょうびょうと耳を吹き飛ばさんばかりの強い風音に交じって、天狗の声が聞こえた。

「ここはどこなんです？　家にいる人魚に地図を描いてもらったのに、迷ってしまったみたいなんですよ」

霧の中から姿を現した天狗は片腕で、ひょいと私の体を穴の中から持ち上げ、地面の上に乱暴に投げつけた。

何か気に障ることをうっかり言ったという感じはしなかったので、こういった態度が天狗にとっての標準なのだろう。

「ここは人の世と幻や現の境のような場所だ。さあこい、おぬしひとりでは抜け出すことは出来ない」

「どうしてこんな所に迷い込んでしまったんでしょうか」

「さあな、山に好かれたか。それともおぬしの持つ気質が原因なのかワシにも分からん」

「私はずっと平凡な人間だと思って生きていたんです。なのに、今年の夏に山に入ってから、変なことばかり起こるんです」

「そんなこと言ったってワシにはどうしようもない」

「そうでしたね。私はあなたと石によって縁が結ばれているんだった」

「昔から人魚と関わると、碌なことにならんと言われておる。おぬしはそんな連中が二匹も側におるんだ。災難続きでも別に不思議はあるまい」

「このままだと身が持たないです」

「ワシに愚痴るな。それより手を出せ、いいものをやろう」

天狗が油粘土に似た色の卵ほどの大きさの、すべすべした石を持っていた。

「要りません」

「いや、受け取れ。おぬしはワシに借りが多すぎる。今のうちに少し返しておけ。受け取らないと大きすぎる借りがおぬしの身を亡ぼすぞ」

天狗の声に恐ろしいものを感じ取ったので、無意識のうちに石の方に手を伸ばす。

「これはどんな石なのですか？」

「この石は未来の夢を見せる石だ。力がかなり強く、下手すると石に引き込まれる恐れがあるがおぬしなら大丈夫だろう。夜この石を持って眠れ」

「引きずり込まれるとどうなるんです？」

「おぬしは知らない方がいい。でも心配するな、大丈夫だから」

「そんな無責任な」

「ワシが大丈夫だと言っているんだから、大丈夫だ」

「あの、未来というのは、私の身にこれから起こることを見てしまうってことですよね？」

「さあな、おぬしの未来とは限らない。とにかくおぬしにこの石をやる。一度使ったら後は好きにしていい。

今度会った時に、どんな未来を見たのかだけを話しておくれ。それ以外のことは望まない。いいな近いうちに、必ず石を使うんだぞ」

天狗は私の手に石を握らせて、その上から掌で拳を包んだ。

そのまま、手に握った石ごと、私の両手を握りつぶされるのではないかという程強い力を込め、散々念押ししてから去って行った。

石は天狗が握っていたせいか、少し生暖かくてぬめっている。

霧が晴れると、私は石を手にヤグロの家の前に立っていた。

霧の中に長くいたせいで、髪も服もぐっしょりと濡れていたので、酷い風邪をひいてしまった。

そのせいで、一週間が経った今もヤグロの家で療養している。

石は枕元に置いてあって、まだ使ってはいない。

でも、いつか使わなくてはいけないのだろう。

夢の終わり

髪の長い女が、私を見下ろしている。

ああ、違った。女かと思ったのはうお太郎だった。

薄い化粧を施し、長い黒髪が垂れている。

横にいるのはヤグロだ。

いつもと変わらぬ、笑みを浮かべたまま、何か言っているのだが、よく聞こえない。

聞こえないよと言おうとしたのだが、喉に何か詰め込まれたように声が出ない。

体のどこかを動かそうと思ったが、指先さえ持ち上がらない。頭の位置も動かせず、全身に鉛を詰め込まれたような重さだ。

うお太郎の顔が私に近づき、耳元に口を寄せた。

「ねえ、ユキオ死ぬ時ってどんな気持ち?」

ああ、私は死んでしまうんだ。

そう思うとふっと苦しさや体の重さが気にならなくなった。

何とか首を傾けて、視線を横に向けると、うお太郎が埋まっていた池が見えた。

私が住職としてこの山寺にやって来た時と同じように、池は濃緑色の水で満たされている。

その周りで子供達が楽しそうに遊んでいた。あれは手つなぎ鬼をしているのだろうか？

キャーキャーと逃げ回る声がして少々騒がしい。

だがその煩さがとても心地よかった。

目を閉じると、案外あっけなかったねという二人の声が重なって聞こえた。


目が覚めた。

古い琵琶湖畔の小屋の中にいる。

私の顔を見下ろしているのは二匹の人魚だ。

「気分は？」

「あまり良くはないよ。悪いけれど、水をくれないか」

「僕の居場所を聞く代償が、未来を見ることだなんてね。で、どうだった？　未来はみんな透明のチューブの中を空飛ぶ車が行き交ったりしていた？」

ヤグロが、氷の浮いた冷えた水を持ってきてくれた。

きっと私が起きる前から用意してあったのだろう。

グラスの縁に氷が当たる音が心地よい。水が甘露に感じ、喉を潤しながら伝っていく。

「よく、覚えていないよ。だいたい強すぎる石を体の中に入れると反動で何が起こるか分からないのに、あの天狗も無茶をするもんだ。まだ物が二重に見えるし、気持ちが悪い。首と肩が痛いな。どれくらい眠っていた？」

「二十分」

「その時間が長いんだか、短いんだかよく分からないな」

「ねえ、未来の様子を教えてよ、何年位先の話？」

頭がぼんやりと霞がかかったように感じる。私は一体どんな夢を見ていたのだろう。

「ごめんよく覚えていないよ。ところで」

「ところで、何？」

「ところでこの石の未来って確約されたものなのか？」

「さあ、気になるならもう一度石を使って眠るといいよ。そうして何度も夢を見て、覚えている範囲で記録して、この先起こることと比較して、正確な値を出していけばいいさ」

「ごめんこうむりたいよ。こんな気持ち悪い思いをするなら二度と使いたくない。それに、本当によく覚えていないんだ」

「何だよそれ、全くもって意味が分からない」

「夢なんてそんなもんだろう。さて、天狗との約束も果たしたし、この石は割ろうかな。こういうものは色んな混乱に繋がりそうで、割った方がいい気がするんだよ。ヤグロ、金槌(かなづち)を借りていいかな？」

「いいですよ。その代わり、どんな風に割れるのか側で見せて下さい。未来を夢で見られる石なんてそうそうお目にかかれるものではないでしょう」

「天狗の石を勝手に割っていいの？」

「いいと思う。あの天狗とは一度使えという約束しかしていないし、あとは好きにしていいと言われているから」

「勝手に割ったって天狗が怒って目を抜かれたらどうするの？」

「そういうこと考え出すとキリがないから止めよう。早く金槌を持ってきてよ」

「もう、持ってきていますよ」

ヤグロは、錆(さび)の浮いた大きな金槌を持っていた。

お礼を言ってから受け取り、頭上高く振り上げた金槌を石目がけて振り下ろした。

すると、石は柔らかいチョコレートのように凹んだ。

何度も叩くと平べったくなってきた。

だんだん石を伸ばしている作業をしているような心持ちになったので、適当なところで割るのは諦めることにした。

「御煎餅みたいになっちゃったね。これでも夢見の力はあるのかな?」

「分からない。でも、どちらにせよこの石は誰かの手に渡らないようにしたいよ」

「なら、琵琶湖の底に埋めておきましょう。人魚も滅多に来ない場所を知っています。うお太郎、お前も来るかい?」

「いやいいよ。今夜は水が冷たそうだし」

人魚の石

ヤグロは薄く平たくなった石を手に、琵琶湖に入った。

この、土から水の中に入る時が、するっと違う世界に行くような気がして一番好きだ。

ここ数年の間、地上で過ごす時間の方がずっと長いけれど泳ぎは衰えていない。

湖面からの光が殆ど届かない程深い場所に来た。

海と違って、淡水湖の深い場所には魚影はない。この場所に棲める生き物は人魚くらいだ。

体をくねらせ、泳ぎまわり、目的の場所にたどり着いた。

この場所は人魚の間でもほとんど知られていない。

理由は途中で細い亀裂の間を通らないといけないからで、子供の頃偶然見つけて、それ以来お気に入りの場所になっている。子供の頃は楽に通れた亀裂の隙間も、今は肩を回すようにしないと通ることが出来ない。

成長するにしたがって随分と背は伸びたが、体格は華奢なままでいることに感謝しながら、手に持っていた袋から平たい円盤のようになった石を取り出した。

ここは静かでいつ来ても誰もいない。

「この石を隠すのにここより相応しい場所はないだろう」

時々湖面から僅(わず)かに届く、光に照らされて、化石となった恐竜の姿が見える。

「石になった古龍に、先見の夢を見せておやり」

化石に呼びかけてから、平たくなった先見の石にそっと砂をかけた。それから、少し離れた場所にある窪地にある石に触れた。

「昌義さん、あんたの孫と知り合いになったよ、あんたが玩具にしていた人魚も一緒だ」

石になった男は答えず、じっと今までもそうであったように、水底に佇んでいる。

「ワタシはあの子たちを使って遊ぼうと思う。いつかあの子たちもここに埋める日が来るかな」

石の男の顔の表面を手で撫ぜ、ヤグロは石の亀裂の隙間を通り抜けてから、手で水を大きく掻いて、水面をめがけて泳いでいった。

解説

杉江松恋

田辺青蛙という不思議な変換装置をみなさんはこれから体験しようとしている。

形の無いものが見えるようになり、言葉が元から持っていた意味を失う。

人間の知覚は体系づけられており、それまで見ていたようにしか見ることはできないし、知っている言葉でしか語ることはできない。田辺はそうした紐づけに鋏を入れ、そこにあるものを宙に漂わせてしまう名人なのである。

『人魚の石』は、田辺が二〇一七年十一月二十七日に徳間書店から書き下ろし形式で発表した長篇小説であり、今回が初の文庫化である。この小説は、日奥由木尾という男性が田舎の山寺にやってくることから始まる。もともとは祖父の昌義が住職であったが、ここしばらくは無住寺となっていた。都会暮らしがうまく行かなかった由木尾は僧侶となり、人生をやり直すために寺にやってきたのである。彼の両親は不仲で、子供のころは十年ほど寺に預けられていた。同世代の子供たちと石蹴りをしたり、砂を掘って遊んでいたりした記憶は、由木尾にとって懐かしいものだ。かつて祖父母に仕えていた徳じいも、その頃と変わらない暖かさで彼を迎えてくれた。寺の修繕のため、由木尾は手始めに池の水を抜くことに決める。その結果、露わになった池の底に、とんでもないものを見つけてしまうのだ。

これが第一章「幽霊の石」の発端だ。『人魚の石』は、由木尾が周囲で起こる怪異を見聞するという形式で進んでいく物語である。彼が見つけたとんでもないもの、というのは人魚だ。といっても半人半魚ではなく、色白で眉目秀麗の、見かけは普通の男性である。自ら語るところによれば、もともとは淡海、つまり琵琶湖に住んでいたのだが、幼少の頃に昌義に釣られてしまったのだ。寺の名物として木乃伊にされるところが、容姿が良かったために助けられ、寺で飼われることになった。まとまった年月を池の水の中で眠って暮らすという人魚は、子供の頃の由木尾と遊んだこともあるそうなのである。

静かなものになるはずだった山の暮らしは、闖入者である人魚によってかき乱されることになる。「うお太郎」と名付けられた人魚は、山の秘密を語り始める。寺は奇石が採れる鉱山に在るのだが、昌義の孫ならば他の者には採れない石を見つけることができるのだという。うお太郎によって世界を開かれた由木尾は、こうしてさまざまな怪しい石を手にすることになる。

石の音を聞く。聞こえてしまう。あるいは、石に宿った生命が由木尾を求め、呼び寄せる。

そうした体験が各章では描かれる。由木尾が最初に見せられるのは、踏むと中に封じ込められた幽霊が出てくるという石だ。第二章には忘れてしまいたい記憶を中に封じ込めてしまうことができる石が出てくる。祖父の昌義が熱心に集めていたというのもこの石で、いくつかの重要な記憶が封じ込められたまま置かれているらしい、ということが示される。寺のある山は人魚がうろついているだけあって怪しいところのある土地で、どうやら過去には残虐な殺人鬼が現れたこともあるようなのだ。

幽霊、他人の記憶など、本来ならば見えるはずがないものを可視化する仕掛けとしていくつもの石が出てくる。そうしたものによって導かれる非日常的な光景を描く小説として本書は始まるのである。ただし、この物語の枠組みは次第に変質していく。ここが『人魚の石』のおもしろいところで、小道具の珍奇さだけの小説ではないのである。おかしな石がごろごろ埋まっている山という場所の異常さを、読者は次第に意識し始めるはずである。小説が転調するのは、第四章の「天狗の石」だ。由木尾の一族にしか見つけられない石に執着する天狗が登場し、うお太郎との奇態な同居生活に干渉し始める。そこから、山の歴史と由木尾の人生との本当の関係が次第に明らかになっていくのである。

オムニバス形式でエピソードが連なった小説だが、最後まで読むと因果譚の定型に比較的忠実な物語であったことがわかるようになっている。不穏な影、あるいは画面をちらつかせるノイズくらいにしか見えなかったものどもが、最後には全体を形作るピースとして嵌まり込み、祖父の代から由木尾に至る因果の絵図が見えてくるのだ。それを語るのに石という小道具を配置するだけではなく、右に書いたように次第に不穏なものが頭をもたげてくるという、サスペンスが途切れない構成になっている。さらに作者は、話が進行していくにつれて次第に語りの密度を変化させていく。そのために読者は、ページを閉じたときに夢からたった今覚めたばかりというような読後感を味わうはずである。田辺によって変換された感覚が元に戻るには、少々時間がかかる。

大阪府生まれの田辺青蛙は、ニュージーランドのオークランド工科大学を卒業後、二〇〇八年に『生き屏風』(角川ホラー文庫)で第十五回日本ホラー小説大賞短編賞を受賞して、本格的な作家デビューを果たしている。本格的な、と書いたのはその前にオンライン書店ビーケーワンが主催する怪談コンテスト「てのひら怪談」に複数の作品が掲載されているからだ。二〇〇六年の第一作「薫糖」を始めとする作品は、現在『あめだま 青蛙モノノケ語り』(二〇一三年。青土社)に収録されている。八百字以内で怪異を語るという掌編形式を作家活動の初期に田辺は自家薬籠中のものとしており、翻訳家・大森望が編者を務めた書き下ろしSF小説アンソロジー『NOVA』(二〇一〇年。河出文庫)にも、「てのひら宇宙譚」として数篇が収められている。これらも後に改題されて『あめだま』に再録されたが、同じ体に出来た人面瘡同士が恋をする「邂逅」(再録時「顔合わせ」に改題)では、人体の部位への執着といった後の作品にも出てくる特徴がすでに現れている。

東北の出版社・荒蝦夷が主催した〈みちのく怪談コンテスト〉の第一回（二〇一〇年）、第二回（二〇一一年）に田辺は連続で応募しており、それぞれ「映写眼球」（『あめだま』収録時に「眼球映写器」に改題）で審査員の高橋克彦賞、「あまごい」で赤坂憲雄賞を受賞している。「映写眼球」は拾った目玉が、その持ち主の見た情景を映し出すという内容で、記憶石などにつながる着想である。ポプラ社が十代の読者向けに出している現代怪談アンソロジー〈鳥肌ゾーン〉の第一巻から六巻（二〇一二年〜二〇一四年）にも田辺は連続で寄稿しているが、その第五巻『腹話術』に収録された「思案石」のモデルとなった石碑は大阪府高槻市に実在しており、『人魚の石』中にも言及がある。田辺の原点には民俗譚収集があり、それを元にして想像を膨らませ、奇妙な現象や妖怪などを生みだしていくという創作法を取っているのだと思われる。好きな言葉として「旅」を挙げており（角川書店刊『ノベルアクト3』所収のアンケート。二〇一三年）、怪異の源泉を求めて各地を訪ねている節がある。

話は前後するが、田辺のメジャーデビュー作と言うべき『生き屏風』の書き出しは、強烈であった。「皐月はいつも馬の首の中で眠っている」——これは切断された馬の肉体の中に潜り込んで寝ているということなのだが、言葉の意味が一瞬わからなくなる、見当識喪失のような衝撃がある。そのように読者から使い慣れた言葉を奪うのも、田辺の変換装置という武器なのだ。超短編ではぷつっと言葉が切れたまま放置されることも多く、それが忘れられない余韻を生むことになる。ちなみに右の馬には名前があって「布団」というのである。

『生き屏風』は皐月という妖鬼を主人公とした短篇で、以降『魂追い』（二〇〇九年。角川ホラー文庫）『皐月鬼』（二〇一〇年。同）という続篇が刊行されている。皐月は県境を守る塞の神のような存在なのだが、『魂追い』で生き物の魂魄を捕えることを生業にしている少年・縁と出会う。そこからパーティーを組んで行動するようになる、というのが第二作以降の展開なのだが、もともと田辺にはそうしたキャラクター小説書きの素地があるのではないか。『人魚の石』でも主人公である由木尾と、普段は全裸を通し、人里に降りていくときにはなぜか女装をすることを好むうお太郎、自分の言うことを聞かせるために回りくどいやり方をする天狗らとの嚙み合わないやり取りが話の適度な調味料になっている。超短編では味わうことのできない作家の一面を知ることができる作品でもあるのだ。

前述の『ノベルアクト』というムック形式の雑誌は、二〇一〇年から一三年にかけて計三冊が刊行された。第一号と第二号に田辺は自身の趣味でもあるコスプレをテーマにした現代小説「いいじゃないですか、趣味くらい自由でしょ。あんただって陰でどんな（略）」を、第三号に妖鬼・皐月ものの短篇「夢石」をそれぞれ発表している。後者は、それを持って眠ると夢見に現れる獣を捕えることができるという石の物語だ。これもまた『人魚の石』の原点の一つであろうし、『恐怖通信鳥肌ゾーン1　コックリさん』（二〇一二年。ポプラ社）にも「水晶谷の龍」という、龍を封じ込めた石の話が収められている。石という無機物と生命体との取り合せは、この作家お気に入りの取り合せなのだろう。

本作との関係で注目したい短篇は他に「夜の来訪者」『憑きびと　読楽ホラー小説アンソロジー』（二〇一六年。徳間文庫）がある。引き籠りの兄が窓から入ってくる異様なものに魅了されていくさまを両親から彼の守り役を押しつけられている妹の視点から描いた作品で、「読楽」二〇一四年八月号に発表された。この短篇は悲劇的な終わり方をするのだが、そこに記憶の要素が絡んでくる。自分という存在が過去から連続しておらず、どこかに断絶があるのではないかという不安の感覚は、田辺作品に頻出するものだ。おそらくはそれゆえの浮遊感覚、人間の作ったものは何かあればすべて幻に転じるのだという諦念にも似た思想が小説の根底にはある。石という生命から最も遠いものに関心を示すのも、それゆえなのではないだろうか。命なきものは不変だからである。

『人魚の石』には偏屈者の小説という側面もあり、外の世界でうまくやっていけない主人公が、生き直しの場所としてやってきた寺で望まぬ怪異に出会うという物語でもある。そんな簡単に避難所は見つからないのだよ、という皮肉なわけではあるが、由木尾の不器用な生き方には人間への根本的な不信感が反映されているようにも見える。人間はそんなに完璧な生き物じゃないしなあ、世界は歪んでいるよなあ、という作者の呟きが聞こえてくるようだ。

この作品は２０１７年11月徳間書店より刊行されました。
なお、本作品はフィクションであり実在の個人・団体などとは一切関係がありません。

徳間文庫

人魚の石（にんぎょのいし）

2020年3月15日 初刷

著者 田辺青蛙（たなべせいあ）
発行者 平野健一
発行所 株式会社徳間書店
東京都品川区上大崎三－一－一
目黒セントラルスクエア
〒141－8202
電話 編集〇三（五四〇三）四三四九
販売〇四九（二九三）五五二一
振替 〇〇一四〇－〇－四四三九二
印刷
製本 大日本印刷株式会社

ISBN978-4-19-894546-6 （乱丁、落丁本はおとりかえいたします）

徳間文庫の好評既刊

岸田るり子
無垢と罪

　小学校の同窓会で、二十四年ぶりに初恋の女性と再会した。しかし、その翌日、彼女は既に死んでいたことを知る。同窓会の日、語り合った女性は、いったい誰なのか？（「愛と死」）　転校生を目で追ってしまうのは、彼が落とした手紙を拾い、その衝撃的な内容を読んでしまったことからだった（「謎の転校生」）。幼き日の想いや、ちょっとしたすれ違いが、月日を経て、意外な展開へ繋がる連作集。